FLORET
READING

小花阅读

我们只写有爱的故事

青春阅读　幸得相见

大鱼

有爱的青春陪伴者

无法阻挡傲娇的他

WU FA ZU DANG
AO JIAO DE TA

海殊 著

贵州出版集团
贵州人民出版社

作者简介

海殊

| 小花阅读签约作者 |

射手女，可以一个星期不出门。
喜欢独居，也爱好自由。
偶尔习惯于一成不变的安定，更向往广阔天地的恣意洒脱。

已出版：《月夜天将变》《他像北方的风》《他跑进时间的海洋》
《初恋就是我选你》

作者前言／这该死的缘分

年假过后，我回去上班，半夜十一点多的火车到站。

下了车，我立马裹紧了身上的大衣外套，站在外面看着手机打车软件上排了一百多个人，在寒风里冷得有些怀疑人生。

我要是说自入冬以来，我几乎没有见过太阳，可能都没人相信。

城市里的天总是灰蒙蒙的，阴雨绵绵，又湿又冷。

南方的冬天大抵如此。

我生在这个季节，所以有些偏爱满目皑皑白雪的冬季，只可惜大雪过膝已经是小时候见过的事情了。而现在手里的这个稿子，多多少少也和冬天有关。

冰球，想来很多人都知道。

只不过学生时代，大家接触最频繁的大多都是篮球、足球之类的。

当中伴随的，是少年的热血，关于青春的记忆，也许女孩子毕业多年，回忆起当年在球场上跳跃的那个少年身影，依然会脸红心跳。

而冰球更是对抗性非常强的冰上运动。

这个故事，就是关于少年冰球，关于青春，也关于爱情。

一个专业的运动员要经过多少漫长的枯燥训练，要受多少伤，忍过多少个春秋，才能够走到人前。想来只有经历过的人，才能体会。

当然，这个故事并没有讲到那么职业的东西，但我想，有竞技梦想，始终保持着初心的人，一定也都差不多。

我一直觉得遗憾，因为我是一个体育废材，连带着对这一块的了解也不太多。

不过身边倒是有不少朋友，是国家近几年火起来的运动员的迷妹，乒乓的、游泳的、短道速滑的等等，整天嚷着要给人生“猴子”。

我想除了运动员自身优秀，也是因为体育竞技独有的魅力。

男主何旭属于天赋型选手，和打小就开始练习的人不同，他在大学里接触冰球，将一群各有千秋的少年汇集在一起，有摩擦、矛盾，甚至也有要放弃的时候。

但他们最终都找回了真实的自己，开启了一段热血的人生。

而所谓的校园风云人物，就如同你上学时候暗恋过的那个校园男神一样，他的生命里到头来也一定会有一个人成为意外。

大多应了那句，这该死的缘分。

而女主周荔春，就是那个意外。

平凡而独特，是走到最终，坚定站在身侧的彼此。

圆满的大学生活，想象当中该是什么样子？

不留遗憾地一往无前？收获几个朋友，拥有一段刻骨铭心的爱情？

我想我们都得身在其中，去真真切切地走上一遭，去拼尽全力地争取，去热烈执着地追求。那才是真实的，属于自己的生活和人生。

所以希望我们无论是在过去、现在，还是未来，无论是谁，都能活在当下，活得自我、肆意又洒脱。

目录

CONTENTS

WuFaZuDangAoJiaoDeTa

001/ **第一章**
那个肆意洒脱的少年

019/ **第二章**
他这样的人，就算上了冰球场，
也一定是耀眼的

050/ **第三章**
明明刚刚相遇，
却又像是认识好久

086/ **第四章**
我喜欢你，是我自己的事情

129/ **第五章**
那样骄傲的一个人，
怎么会为她驻留目光？

目录 × CONTENTS

WuFaZuDangAoJiaoDeTa

168/ **第六章**
不喜欢也没什么，
你可以从现在开始喜欢我

204/ **第七章**
我与你相遇，时光正好

229/ **第八章**
让你见识见识你男朋友
在冰场以外的魅力

262/ **番外一**
这万千世界，唯你不同

273/ **番外二**
有你的地方，就是方向

第一章／那个肆意洒脱的少年

| W u F a Z u D a n g A o J i a o D e T a |

浣花街是C城一条毗邻华西和成信两所大学的老街区。

这座城市像这样的街道有很多，各类商铺密布，鱼龙混杂。不过也就只有这儿，汇集了两所在国内都能排得上号的学府的名校生。

和所有大学城没什么不同，到了半夜，这里多的是穿着人字拖在街边撸串的男生以及青春逼人的姑娘。

晚上十点，街尾一家名叫“极速部落”的网咖迎来了晚高峰。

入口的玻璃门被人从外面推开，进来个穿着裤衩的高壮胖子，他的腋下还夹着一个和他反差很大，穿着格子衬衫的瘦弱男生，这个组合视觉上有点恃强凌弱的画面感，让人很担心小瘦子被夹断。

胖子夹着人边往里面走边说：“哥今天带你体验一把什么叫作大杀四方，做人不能太㞞，你越是低调，某些‘菜鸡’就会习惯性来你这儿刷存在感。”

“知道了哥，你先放开我。”小瘦子成伟树试图去掰徐阳的胳膊，脸憋得通红。

胖子徐阳被他这猫仔般的力气逗笑，也就顺势放开了他。

“几个人？”前台的服务生问他们。

“三个。”

“身份证拿来，开几个小时？”

“通宵。”

徐阳想也没想直接掏钱，背后却传来一道低沉的声音：“还通宵？小心猝死啊你。我就开两个小时，然后回去睡了。”

徐阳瞪大眼睛回头：“不是吧旭哥，年纪轻轻就开始养生？”

最后跟进来的男生很高，他穿着一身红白相间的运动装，衬得肤色越发白皙干净，脖子上挂着一副黑蓝色耳机。额头上一根亮色发带，整个人打扮得又潮又酷。唯独那双眼睛，眼尾微微上扬，斜眼看人的时候总给人漫不经心的感觉。

因为帅，前台的服务生看了他好几眼。

何旭毫不自知，听了胖子的话笑骂回去：“滚蛋！昨晚上和那仿真滑冰板的商家扯皮，扯到今天早上五点多，现在困得要死。”

“和人砍价吗？”徐阳惊奇。

“不是。”何旭随口道，“我要的那种材料他们没有，让人从国外空运了。”

徐阳朝他竖起大拇指，说了一句：“牛气。”

华西和成信明争暗斗多少年，从师资力量到教学方针，唯独在这冰球上，用“惨败”来形容也不足为过。成信那可是连续三年蝉联大学生冰球比赛冠军，学校在这上面都不知花费了多少人力、物力。

而华西冰球队早在五年前就解散了。

徐阳拽了拽成伟树，犹豫着对他说："何旭，说老实话啊，虽说是成信的人挑衅在先，但这年底的冰球赛上我们真的能赢？学校不怎么支持不说，我和成伟树这家伙根本就不懂冰球，要是拖了后腿怎么办？"

何旭挑了挑眉："慌什么，我也不懂。"

徐阳噎得一口气差点没提上来，脸色一黑再黑。

你不懂？你不懂就敢随随便便和人打赌？

但是，这种话徐阳是不敢问出来的，默默咽了回去。

成伟树对这个把自己从围困的厕所里救出来的胖子有一种谜之崇拜，赶紧转换话题："我也不通宵，开两个小时就行了。"

"不行！"徐阳瞪他一眼，"今天必须陪我！"

成伟树缩了缩脖子。

不过经他这么一打岔，这个话题也就此打住。

开好了机子，徐阳搓搓鼻子："我们找个能连排的座位吧。"

这个时候的网咖人都挺多的，空气有些混浊，打游戏的男生一个个如狼似虎地盯着电脑屏幕，不是在砸键盘就是在骂猪队友。

找了半天，也就最后一排还剩三个连排位置。

何旭有些受不了这里憋闷的气息和嘈杂的环境，他皱皱眉没说话，插着兜走到后面，然后发现最角落的位置上已经坐了一个人了。

或许是网咖里开了空调的缘故，女生用外套兜头包裹住自己的脑袋，身形瘦小，窝在角落的椅子上缩成一团，要不是走得近了，很难发现这儿有个人。

一副巨大的黑色镜框眼镜遮住她小半张脸，她盘腿坐着，在本子上写写画画，很认真的样子。

何旭无意间往电脑上看了一眼，呵，特大新闻：警方破获一起杀人案，小姨子伙同姐夫麻醉抢劫，再挥屠刀！

徐阳见他没动，转头问他："干吗呢？"

"没什么。"他没什么表情地收回目光，拖开旁边的椅子坐下，打开电脑。

提到"周荔春"这个名字，华西新闻系估计没几个人不认识，年级第一、开学招生测试分数创下历史新高，一战成名。于是测试结果一出来，她就直接被传播学的老教授挖进了学校新闻中心。

新闻中心并不是好进的地方，进来还直接归到了指导教授亲自带的那一组，这让一众人对周荔春更加好奇。不过，她本人太低调，不少人质疑她是不是有后台。

但她进组不到半个月，同组的学长学姐，甚至是新人就纷纷反驳：

"什么呀，人多好一女孩儿，上进努力有才华。"

"你们就是嫉妒，别人高中开始就没用过家里的钱，人家的奖学金和竞赛奖励恐怕是你们那点生活费的十几倍吧。"

一众认同维护的声音里，稍有个不和谐的声音："就是……就是稍微有点害羞吧，估计也是在山巅待得太久，招架不住你们这些俗人的厚脸皮。"

此时这个被话题包围了很长一段时间的周荔春，因为电脑坏了，破天荒来蹲了一回网吧。

她皱着略秀气的眉，用笔戳了戳头发。

十篇新闻分析，周一就要交。带她的直系学姐任清，是出了名的冷面美女，她是进了华西之后才发现这里简直卧虎藏龙，就算她是个货真价实的真学霸，压力也难免很大。

她舔了舔嘴角，稍微走神的时候，眼角的余光注意到了刚刚坐在身边的人。

最先看到的，是放在桌上的那只手。

男生的手指骨节修长，不似女孩儿那般女气，力量和美感同时具备，正有意无意地用食指敲击着电脑桌的桌面。

周荔春眨眨眼，对于漂亮好看的人和事物，人类都有基本的欣赏能力。

他电脑上开着游戏，手指在键盘上游走，嘴里却在和人讲着电话——

“啧，海里的东西都敢乱捡，活该你的脑袋被门夹过。”

“别提了，老头子倒是想让我上成信，谁知道刚回来第二天就遇到一个自称是成信冰球队的傻子！开口就高贵得恨不得所有人给他们跪下，就那素质，估计九年义务教育没消化好。”

“你说谁？初中隔壁班班花……不认识，谁让你把我电话随便给的？我说这两天怎么老有不认识的人打我电话。”

他的姿势是典型的“京瘫”模式，但难得的是这软如泥的姿势被他清冷的气质衬出几分慵懒贵气，他语气懒懒散散，有一搭没一搭地和朋友瞎扯。

周荔春不动声色地收回目光。

这个人她认识，应该说不只是她，学校里大多数人都认识他。

他开学第一天就把华西大学的死对头成信大学的冰球队得罪了个干净，听说是为了帮学校另外一个冷面男神邓柯的忙。

一来就护校草，再加上自己也颜值爆灯，一时间关于何旭的传闻呈放射状向外扩散——

听说他回国的原因是在国外的学校打架被开除，回国后也高调不减，一开学就开着百万超跑来报到，然后入学就办了件大事——大刀阔斧地重建冰球队，学校不支持没关系，训练场废弃太久不能用也没关系，一个电话，第二天就有人开着车拉来一大车装修材料。一开始就闹得无比热闹，有等着看戏的，也有真心觉得他魄力十足的。

周荔春那点话题在这种全校轰动的人面前，完全不够看。

这样的人注定是活在光圈里的，无论是嫉妒或者仰慕，但他所身处的这个群体确实存在即高调。

周荔春无意识地转了转手上的笔，往旁边挪了挪。

写分析写得太投入的周荔春没怎么注意时间，等到放在一旁的手机振动起来的时候，她才发现已经快到午夜十二点了。旁边的位置上已经没人了，和他一起来的两个男生倒是还在玩游戏。

电话里，曾月的声音很大："四儿，你到底还回不回来了？班导查寝倒是混过去了，可你要是再不回来，宿舍可就关门了。"

曾月是帝都人，周荔春又是宿舍里最小的一个，这个带着儿化音的外号也就此叫开。

“回回回，不回我晚上住哪儿？”周荔春站起来，慌乱地将东西扫进包里，关了电脑，拖开椅子就往外面跑。

因为比较急，她跑到门口时一时没刹住脚，刚好外面又有人同时推门，“砰”的一声，整个人迎着门就贴了上去。

嘶！完了，头铁定肿了！

周荔春反弹回来跌坐在地上，捂着脑门，有一瞬间都是蒙的。

她皱着鼻子抬头往外面看去。

眼镜不知道摔哪儿去了，她眨了眨眼睛才勉强认出眼前的人，怔了怔。

是何旭，她还以为他早走了。

“没事吧？”何旭挑眉。

他手上拿着三杯饮料，逆着光，并没有上前去扶人的打算。

女生估计是撞得有些狠了，额头中间红了一小块，她的皮肤很白，所以那块红有些明显。她短发乱糟糟的，棕色眼珠，眼神迷迷蒙蒙，看起来很显小。

“能没事吗……”周荔春揉揉脑袋小声咕哝了一句。

她找到眼镜戴上，眼前顿时清晰了不少。她自认倒霉地从地上爬起来，无意中瞟到了对方手上的饮料，才想起自己没吃晚饭，本能地咕嘟一咽口水。

何旭注意到她的小动作，看向自己手里的饮料，嘴角一抽，饿了？

“你……”

他话还没说出口，就见女生想起什么，拢了拢外套，随即又风一样地卷了出去。

何旭被无视得彻底，猜了个大概。他低头看了看腕上的手表，十一点四十八分，暗道她跑得再快，舍管阿姨也未必会把她放进去。

他很自然地收回伸到一半的手，没将这个小意外放在心上。

何旭回到位置上的时候，胖子还带着成伟树在游戏里厮杀。

“你们的。”何旭把饮料递过去。

成伟树有些惊喜地接过，徐阳转头问何旭：“再来一局？”

“不来了，回了。”

网咖这个时候差不多正式进入了狂欢时间段，徐阳知道何旭不住学校宿舍，也不勉强，只是说：“邓柯那儿你打算怎么办？”说完又接着道，“邓柯和成信冰球队队长许川的恩怨由来已久，听说自高考前邓柯败在许川的手底下之后就再也没有碰过冰球了，说服他恐怕不容易。”

开学那天邓柯在学校门口被成信的人围堵，对方出言不逊，都把锅砸到学校头上了，何旭刚巧赶上，一时热血上头才会有打赌这件事情发生。

虽然事后知道了冰球队的前情，但赌约却是应下了，何旭也当真开始行动了。只是邓柯那人就是一冰坨子，说不加入就是不加入，说破天也不管用，何旭没少头疼。

“他不同意那就想办法让他同意。”何旭没在这个问题上过多纠结，拿上车钥匙懒散地说，“走了。”

少年插着兜穿过网咖大厅，将背后一室的嘈杂关在门内。

九月的晚风还带着一丝闷热，这个时候外面的街道有些冷清，路两旁枝繁叶茂的盘根大树迎风摇晃，影影绰绰的，带着这个时节特有的气息。

手机上有电话打来。

见着名字的时候，何旭面无表情地挂断，结果对方锲而不舍地连番轰炸。

他“啧”了声，接起来。

“干吗挂我电话啊？”一接通，女孩子娇嗔的声音就传了出来。

何旭的脸色不大好：“有事没事？没事挂了。”

女孩子语气柔软，悄声道：“你脾气怎么就那么大？还生气呢？我不就抱怨两句嘛，除了我谁还受得了你啊？”

何旭轻嗤：“我逼着你往我这儿凑？”

对方也不发脾气，知道他就是个嘴巴这么伤人的主儿，她开始撒娇：“我错了还不行？从你回国我们见面的次数一只手都数得过来，你忙完没有，明天见面好不好？我去找你。”

何旭拿着车钥匙坐进车里，发动车子，想了想，妥协了，吐出一个字：“行。”

周四下午两点，学校在礼堂开办了一场演讲，抽调了部分专业的学生参加。

“四儿，你快点儿，要迟到了。”曾月和另外两个舍友在门外催促。

周荔春扒拉了一下自己快要齐颈的短发，想着要抽个时间去修一下了。她摸出新闻中心的工作牌挂在胸前，跑出去说：“来得及吧，还有二十分钟呢。”

于新瑶无奈道：“你看看手机。”

周荔春低头一看，呃……十分钟都没有了。

曾月笑着接话：“没话说了吧，你那天晚上因为晚归还没被舍管阿姨唠叨够呢？”

周荔春想起来就脸色发苦。

她想起那天晚上和舍管阿姨整整磨了两小时才被放回宿舍，身心都受到了非人般的折磨。华西的宿舍管得特别严，阿姨嗓门大，教训人的时候能从宿管制度上升到人生命运，两小时都不带重样的。

她抓了抓脖子上的碎发，感叹说：“够了，此生都不想再来一回。”

几个人大笑，开始往礼堂方向狂奔。

天气太热，路上蝉鸣不停。

周荔春和舍友赶到礼堂的时候，时间刚刚好。

短短的路程已经能够感觉到汗水沿着脊背往下滑落，周荔春拿着手上的本子扇了扇，好在礼堂开了冷气，几个人找到靠后的位置坐下。

于新瑶看到她手上的草稿本，问她：“你们新闻中心人不少吧，怎么连演讲活动的稿子也是你在写？”

她们宿舍是混合宿舍，周荔春报到的时候来得比较晚，宿舍里就她一个新闻系的。她托着下巴磕在前排的椅背上，闻言偏头道：“就当练习了，挺好的。”

今年采访部的新人除了周荔春之外还有两个男生一个女生。

她再怎么例外也是个新人，又在重点组。

要学的、要做的还有很多。

曾月奇怪：“你确定不是被压榨劳动力？”

周荔春刚想反驳，坐在她旁边的朱娅沁翻了个白眼，搂过周荔春道：“别听她俩的，你们新闻中心的那个负责老师是传播学的余教授吧，他经验很多，听说年轻的时候做过电视台编导，跑过大大小小的新闻，跟着他总能学到些东西的。”

朱娅沁是个和周荔春一样的学霸，不同的是，朱娅沁热情大方。而周荔春出身于普通工薪家庭，父亲早逝，从小到大的学习经验就是埋头苦读。

这对一个需要对外交流的新闻学生来说，是大忌。

周荔春也是上了大学，正式接触这个专业之后才发现自己的问题，所以在余教授问她要不要加入的时候，她几乎没有犹豫就同意了。

她很认真地点点头，笑着说：“我知道。”

于新瑶戳了戳周荔春笑起来嘴角边那个不太明显的小梨窝，指腹下的肌肤触感不要太好。她喃喃：“四儿啊，我一直觉得你给自己的定位出了差错，我觉得你有成为妖艳美女的潜质。别整天老想着学习学习，多无趣啊。”

周荔春拍开她的手翻了个小白眼：“别闹……”

她不是C城人，老家在南方，从小到大循规蹈矩。要让她上了大学就像其他女同学那样，每天讨论最近又有哪些好看的韩剧，这个季度有什么上新的化妆品，哪个系有个特别帅气的男孩子，这还真是有点难为她，因为一是兴趣不大，二也是她有自己的计划。

她早已指定了大学四年的目标，有要完成的任务，有要学习的东西，每一件都比这些东西要重要。

曾月抢过于新瑶手里正在补妆的口红，总结感叹："哎，反正你们这种学神的乐趣，我等凡人是不能理解的！"

于新瑶跟着狠狠点头："对！"

周荔春乐了，笑意盈满眼眶，露出一口小白牙齿。

几个人说着话的时候，礼堂突然安静了一瞬，然后嘈杂的讨论声进入新一轮高潮。

周荔春往入口处看了一眼，明白了缘由。

要说新闻系别的没什么，就是八卦消息巨多，身处其中想不关心都难。

门口处进来了两个身高不相上下的男生，走在前面气质冷凌而矜骄的人是邓柯，他永远看起来都是冷冷淡淡的；后面跟着的就是何旭了，他今天穿了件黑色兜头卫衣和蓝色破洞牛仔裤，一手插着兜，一边低头看手机。

这一冷一热的两个人，进了这大礼堂瞬间吸引了大片目光。

邓柯一直是学校热门人物，据说他四岁开始接触冰球，实力和成信冰球队的王牌球员许川不相上下。两人做了多年对手，直到高考前，邓柯在一次比赛中以一分的差距在许川的手底下落败，却不知为何至此没有再上过冰场。

何旭也是拥有无数传说的存在，这两人凑到一起，话题度飙升，可供幻想和八卦的后续也极其多，一时间礼堂里少女们交头接耳好不热闹。

门口处的何旭抬头的时候发现所有人都在给他们两人行注目礼，颇有点不耐烦地紧了紧眉，黑漆漆的眼睛四处扫了扫，随即偏头和邓柯说："胖子他们提前占了位置，走吧。"

邓柯点了点头，跟在何旭后面。

两人拾级而上，越走越近了的时候周荔春发现，他们要坐的位置就在她们斜后方。

曾月嘀咕："何旭和邓柯什么时候这么和谐了？"

"你认识？"周荔春问。

"谁不认识啊。"曾月夸张地说，"你知不知道学校贴吧最近全是这两个人的帖子，何旭因为邓柯和人结怨，有意要把邓柯拉进冰球队，但谁都知道邓柯已经很久不碰冰球了。不过何旭貌似挺执着的，这一个星期能看见邓柯的地方基本都有他的身影。"

"那这是答应了？"于新瑶也好奇，探过身加入讨论。

朱娅沁冷淡地接了一句："我看未必。"

身后影子一晃，有人坐在了她们的后面。

"你俩怎么这么晚？"有人问。

何旭下巴一抬："那你得问他。"

“我没让你等。”是邓柯冷淡的声音。

“得，我自愿的行了吧。”

……

后面断断续续的聊天声传进耳朵，周荔春没怎么说话，她还记得他那天晚上懒散地坐在自己身边的样子，也记得他和人打电话时不怎么耐烦的表情。

这样一个人，碰上邓柯这种制冷机居然也这么能忍耐？

演讲很快就正式开始了，最先发言的是学校领导，说了一堆官方的开场词，然后请出了今天的主讲人，是名校的客座教授，主讲“生命的价值”。

教授经验丰富，引经据典，不时引得全场哄堂大笑。

何旭明显没有听进去，靠在位置上戴着耳机打游戏。

周荔春听到中途的时候收到新闻中心学姐任清的消息，让她去前面，方便等会儿的采访。她猫着腰站起，拿起桌上的本子和笔。

“去哪儿？”于新瑶问她。

“前面，等会儿有问题要采访那个教授。”她一边小声地说着，一边猫腰准备从旁边过去。

刚蹲下，后面就伸来一条长腿，直接踢到椅子的折叠坐垫上，周荔春一个趔趄，差点儿被挤到前排的椅子底下。

何旭意识到自己踢到了前排的椅子，从手机里抬起头发现前面的位置没人，然后弯腰往底下看了一眼，发现似乎有人蹲在地上。

他扯下耳机，随口说了句：“不好意思。”

“没事。”周荔春小声嘀咕了句，然后从后排溜了下去。

何旭抬头无意间扫到那个猫着的背影，眯了眯眼睛，怎么看都觉得……有些眼熟？他把腿收回来坐正，再次把目光扫过去。

呵，这不是被玻璃门撞坐到地上的那个女生。

一次两次撞到她，是有仇？

那天晚上网吧的女生风一样卷门而出。现在也是，动作小心翼翼，溜得倒是挺快。

他没多大兴趣地收回目光，发现游戏已经结束了。

“怎么了？”徐阳意识到他心情似乎不怎么好。

“没什么，这破演讲太无聊了。”

周荔春找到前排的位置坐下的时候，总算长吁了口气。

任清就坐在她旁边，这学姐怎么说呢？人不坏，就是架子端得有些高，喜欢被众星捧月的感觉。

任清见她过来，转头问：“记笔记了吗？”

“记了。”

“那就好，好好写，如果还过得去的话，到时候修改修改可能会放到学校官网。”

这一块坐的都是新闻中心上一届的学生，新闻中心的工作牌就像是个免费通行证，各大活动现场总有这些人的身影，包揽了官网首页的各大新闻头条。

另一个女生和任清说：“对了，学校冰球队那边要不要去采访写一篇稿子，就目前的组建情况什么的。邓柯和何旭可都是话题人物，总有些东西可以挖的。”

任清想了想，转头对周荔春说：“你这段时间要是有空可以留意一下。”

周荔春顿了顿，点头应下：“好。”

刚刚说话的女生笑道：“荔春，这可是个美差，邓柯那个冷面男神可是个香饽饽，多少女生觊觎。何旭更是聚光灯，富二代，长得也帅，我们这些老学姐是没什么指望了，就你们这些小学妹看看还有没有希望。”

话题偏得有些远，何况就刚刚那两人？

周荔春摇摇头，哭笑不得地说：“学姐，我可不敢。”

女生打量着周荔春，干干净净的T恤和牛仔裤，脑瓜子挺聪明，长得人畜无害的样子。她点点头说：“也对，就你这样的送上去，岂不是羊入虎口。”

任清白了那女生一眼：“让你们采访不是让你们追人，而且那个何旭有女朋友的，就是成信大学今年新评选的校花刘云溪。”

这话一出，震惊了一众人。

“不是吧！”有人惊叹，“刘云溪很出名的，大学校花网红，很火的，居然是何旭女朋友吗？不过这全校都知道何旭和成信大学的冰球队不对盘，现在还抢走了人家校花，这脸打得够狠啊。”

“别瞎说，听说两人很早就认识。”

“唉，不知为何，虽然我没啥戏，但是还是感觉到心碎的疼痛。”

“哈哈哈，你少来。”

……

话题越跑越偏，周荔春在其中有种如坐针毡的感觉，她对这些明星般的话题人物的感情史没啥兴趣，但是一想到刚刚说的冰球队的采访，又皱了皱眉。

第二章 / 他这样的人，就算上了冰球场，也一定是耀眼的

| W u F a Z u D a n g A o J i a o D e T a |

周荔春去冰球队的时间比预想当中要早很多，倒也不是为了采访。

学校招新已经结束，但是她后来才被告知华西每年除了必要的选修课外还要另外修满四个学分才算合格，不然就得延迟毕业。但是大一并没有选修课，其他社团她已经进不去了。

上午十点。

她下课后去了学校招新栏，各种海报和宣传单已经被撕得七零八落了。她一排排看过去，发现临近食堂门口的位置还摆着一张桌子。

有两个男生在打瞌睡。

周荔春认识，是那天在网吧和何旭一起玩游戏的另外两个男生。

她随意看了看桌面，上面什么都没有，唯独旁边简单地竖了一块牌子，上面写着：你是否自恃有才却无处施展？你是否怀揣梦想却无法实现？来冰球队，和我们并肩作战！

字迹跟狗爬似的。

她有些失望，正准备离开，瘦的那个男生突然抬头，见到她的时候愣了一下，然后大声说：“同学，你要加入冰球队吗？”

“我？”周荔春停住脚，惊奇地指了指自己，以为对方没睡醒。

胖子徐阳也醒了，抬着头蒙蒙地看过来，还没有搞清楚状况。

眼前瘦瘦小小又白生生一姑娘，脸是那种仔细看还挺耐看的类型。徐阳脑子一闪：这类型，往冰球队一放，净化净化满室荷尔蒙爆表的空气也是好的啊！

他急中生智：“你可以做后勤的。”

“为什么找我？”

“你……你合眼缘嘛！”

半个小时后，徐阳以需要填表为由，带着周荔春进了冰球队的训练场。

听说这个训练场已经废弃了五年之久，之所以还没使用是因为它有些偏远，但是进去之后倒是超出周荔春的预料，小型的室内训练场采用了仿真滑冰板，除了新装修后遗留的部分垃圾，场地焕然一新。

徐阳边走边给她介绍：“这些都是何旭找人弄的，现在场地已经差不多了，剩下的就是成员和道具还没有补齐。”

“还差多少人？”周荔春好奇地问了一句。

“反正有合适的就招吧。”

那大概就是缺口很大。周荔春在心里默默补充。

他们并排往里走，不远处突然传来语气不善的质问声：“你什么意思？”

徐阳脸色一变，和成伟树对视一眼后赶紧往前方小侧屋跑去。

周荔春也紧跟上，但是毕竟不熟，到了小侧屋门口还是驻足了，小心地探头——

何旭和邓柯面对面站着，彼此面色都不愉快，邓柯脸上像凝了冰，而何旭也嘴角微沉像是极力在克制情绪。

两人之间的气氛非常紧张。

邓柯转头看着何旭，薄唇像吐刀子似的，略带嘲讽：“何旭，你知道什么是冰球吗？你对冰球了解多少？你知道什么是争球点、越位、合理冲撞吗？什么都不知道就别侮辱冰球了！”

周荔春听见刚进去的徐阳倒吸了口凉气，嘀咕：“完了。”

果然，何旭哼笑了几声，垂着的头微微抬起，额前黑发凌乱，眼带寒意。

他说：“我确实不了解冰球。那你这个口口声声说热爱冰球的人是怎么做的？你热爱它就是再也不碰它？宁可被人堵在学校门口挑衅，战书都下到家门口了也无动于衷？”他偏头，黑色的瞳孔里带着晶亮的光，嘴里说出的话却并不怎么好听，“甚至喜欢到连和我这个什么都不懂的人打一场都害怕输？”

徐阳急得大脑门上汗都出来了，只差原地跺脚求祖宗别说了，没看见邓柯那越来越黑的脸色吗！

何旭没有就此打住，他盯着邓柯，一个字一个字极其清晰：“邓柯，如果你的热爱就是只字不提置身事外，真是够廉价的。”

周荔春咂舌，这人是不是在找打，真是句句往人伤疤上戳啊！连她都知道，邓柯是冰球狂热爱好者，他虽然已经不上场了，但是最不容人挑衅的也是这个。

果然，邓柯冷着脸转身就要走。

走出没两步，他突然在门口停住，吓得周荔春赶紧缩头噤声。

邓柯没有回头，微微侧身，声音沉沉："比一场也不是不可以，抛去冰球赛制所有规则，你只要能打进一颗球就算我输怎么样？我输了加入冰球队；你输了，开学你替我出头的事情一笔勾销，以后你们冰球队和我没有任何关系。"

何旭似乎早就料到了结果，抱着手懒散地靠在墙上，微勾着嘴角："行啊。"

邓柯面无表情地从周荔春身边走过，周荔春看着他之前攥紧的拳放松下来，那紧绷的脊背也像是得到了什么舒缓有了自然的弧度。

再转头看何旭。

周荔春嘴角轻抿，暗道：他这副尽在掌握的样子，并不像表象那般乖戾懒散嘛。

紧张兮兮的徐阳在邓柯走了后赶紧凑上前，焦灼道："你还真敢和他比啊，你怎么想不开要找虐啊？"

何旭笑了笑没搭理他，稍稍偏头，注意到门口多出来的一个人。

他抬了抬下巴问徐阳："什么情况？"

徐阳这才想起来，扬着胖巴掌朝周荔春招了招手让她过去，跟何旭解释："这是我们刚招进来的后勤小姐姐。"

周荔春见他们注意到自己，抬脚走进去，还没站稳呢，就收到懒骨头般靠在墙上的何旭赤裸直接的打量。

何旭面无表情打量一个人的目光让人很有压力，他嗤了声，扭头冲徐阳道：“我是让你们招人，咱们什么队伍？男女分不分得清？”

“旭哥，她是后勤呀！这不你不是说还要找个后勤人员吗？”

“女的不要。”

“不要？”徐阳一脸欲哭无泪的表情，“我说大哥，你也不看看你这段时间轰走了多少个后勤组备选人员，我这等了好几天好不容易才找来这么一个，体谅体谅我们行不行？”

说好的合眼缘呢？感情是先诓过来面试？面试官还是个有性别歧视的王八蛋？

何旭打量的目光还没收回去，还在心中点评，这女生倒是挺淡定的，一点都没有自己被歧视的愤怒或者激动，就是太瘦了，没有什么力量感。而且……貌似……还算是个熟人？

何旭没有过目不忘的能力，不过这一次两次，倒是对她有两分印象。

周荔春虽然淡定，但是感受很不好，她有种自己是大市场的白菜任由人挑拣的感觉。

而且，她这颗白菜还被很干脆地嫌弃了。

徐阳还在诉苦招人的辛苦，周荔春出声了，表情认真：“为什么女生不行？女生也可以做很多事情。”

何旭勾勾嘴角，漫不经心地转了转自己的护腕，腿一用力终于从黏在墙上的状态下站直了。他高出周荔春两个头，这样对立着说话有点居高临下，于是他又重新靠回墙上，保持视线和她平齐，说：“你听见了，学校不支持，我们所有装备和人员全都得自己来，时间紧任务重，所以要求很高。说白了吧，这里可不是供你们花痴的地方。”

周荔春总算听明白了，感情他以为她目的不纯？

“我不是邓柯的粉丝。”她想了想，觉得稍微有点不合适，但还是硬着头皮说，“当然……也……不是你的。不过我可以保证除了必要的事情之外绝对不会节外生枝。”

何旭瞟她一眼，挑眉问：“给我一个你要加入的理由。”

周荔春推推眼镜，不太好意思道：“学校那个学分制，我还差点。”

旁边的徐阳“扑哧”一声就笑了，说：“你这理由真是清丽脱俗。”

何旭瞪了徐阳一眼，转了转手里的手机像是在思考，过了半晌，将手机揣进裤兜里，一挺身站直：“理由说服我了，到时候可别哭。”

周荔春见他松口，轻轻弯了弯眼睛。

这么容易就穷开心的样子落进了何旭的眼里，他“啧”了声，长腿一迈往外走。临出门的时候，他又回头交代徐阳：“胖子，拿张表让她填。”

“得嘞。”徐阳开心得猛点头。

周荔春有幸在入队第一天就目睹了两大风云人物私下的 PK。虽是被徐阳的热情拉来的，她内心并不情愿，但好歹还是维持住了队友情留下了。

训练场中央相对而站的两个人，都高大魁梧，穿上冰鞋和防护服、戴上头盔后，基本她不认识谁是谁，但是莫名有种现场观战的隐隐激动和热血感。

“你能看懂吗？”徐阳也挺激动，眼睛盯着场上，肩膀不避嫌地撞了撞周荔春。

“不懂。”周荔春老实地摇头。和异性这样近距离地接触也是她第一次，她有些不适，但看徐阳并没有别的意思，真的纯粹把她当队友了，也不好意思太拘泥。

徐阳摊了摊手：“其实我们也不怎么懂，不过这段时间被何旭逼着刷了许多比赛视频，基本规则还是了解了。”

半桶水的徐阳开始给她科普：

冰球又称“冰上曲棍球”，是对抗性强的冰上运动之一。六人一队，前锋三人，后位两人，守门员一人。运动员用冰球杆将球击入对方球门，多者为胜。

当然，这也很考验运动员的平衡感、灵活性，以及滑行技巧等。

成伟树也没比他们淡定到哪儿去，眼睛不敢偏离方向，只把头凑过来小声八卦：“你们说，他们谁会赢啊？”

徐阳白眼快要翻上天：“这还用说，何旭要赢除非有奇迹。”

场上开始了，邓柯原地站着没动。

可是何旭并没有直接进攻，连周荔春这门外汉都能看得出来，他动作很生疏，最开始没平衡好甚至晃了一下，显然还处于适应滑行感觉的阶段。

这……能打吗？

有这个疑问的可不止她一个人，不过仅仅两分钟不到，站在何旭对面的邓柯眼中的惊讶几乎掩饰不住，快速掌握了冰上滑行技巧的何旭再次滑过来站定在他对面。

很显然，何旭有着很强的身体素质和运动细胞，他的平衡和协调能力也比一般人强很多。周荔春看着场上的他，和平常给人的懒散形象完全不同。

“你很有天赋。”邓柯评价说。

何旭勾了勾嘴角：“放心，这话可不止你一个人说过。”

强势、自信，他的气场让人很难把目光从他身上移开。

周荔春不知不觉开始认真起来，一颗心也随着场上人影的晃动而不断波动。

邓柯速度极快，动作行云流水，一看他就是这项运动的专业选手。

而何旭明显处于劣势，再有天赋，和长时间在训练和比赛中打磨出来的专业选手还是相差甚远。

这场对决，完全是毫无悬念的碾压式结局。

一次、两次……十次……摔倒、碰撞，再爬起，不断重复。

直到何旭再一次被邓柯一肩重重撞翻在地，努力了几下还是没能成功爬起，躺着的他粗喘的呼吸声让众人替他捏了把汗。

邓柯眼神复杂，滑行转弯后急停在何旭的面前，他也呼吸不稳，声音低沉：“认输吧，你不可能赢得了我。”

何旭勉力翻身爬起半跪着，突然抬头轻笑：“赢不赢得了我不知道，但如果连赢的欲望都没有了，那对我来说和废物也就没什么区别。”

邓柯因为这句话有一瞬间的出神，而何旭眼神一变，抓住机会再次进攻。

场外，徐阳忽然感慨："我有点感动是怎么回事？"说完就跳起来大喊，"旭哥好样的！旭哥加油！"

成伟树也跟着站起来，激动得红了脖子，但张嘴好几次就是没有喊出声。

场上的何旭有一个往这边偏头的动作，周荔春看不清楚，但知道头盔下，他肯定笑了。

周荔春也跟着有些激动，默默在心里喊了声，加油。

她也很难想象将眼前这个奋力搏击、挥汗如雨不放弃的何旭，与之前因为一个赌约就一掷千金建了个冰球队的"中二"热血少年联系起来。

二十分钟后，场上两个少年分别呈"大"字状摊开躺在训练场中央。

过了一会儿，邓柯坐起来把头盔取下抱在手里，看向旁边那个一动不动的人，这个行走在校园里的冰雕终于显得有了那么一些烟火气，他说："怕了你。"

"再来？"何旭跟着坐起来。

邓柯摆手示意不要，他皱眉问何旭："你明知道赢不了的，何必这么执着？"

何旭取下头盔，随手撸了把汗湿的黑亮头发，仰着脸露出白牙，忽然笑了。这个笑不似他惯常的坏少年式雅痞嘲讽的笑，是纯粹和真心的大男孩式爽朗的笑。

他胳膊反撑着身体，偏头看向邓柯，说："你知道我为什么从国外回来吗？因为我把两个歧视留学生的智障揍进了医院。啧，从小到大背后骂我的人多了去了，混混、二世祖、纨绔子弟、败家子，我家老头是担心我有天说不定在外面惹出什么大祸他搞不定，逼着我回来的。”

他说着说着，似乎把自己都给说笑了。

待他笑完，再次转头朝向邓柯的时候，神情却变得严肃且认真，他说：“但是邓柯，是不是废物这件事，只有我自己说了才算。也不论这场赌约是因为什么原因定下的，我既然应了，就一定要走到底。”

他的模样依然是懒散且随意的，但他的眼神却无比执着，像是夜幕上的星辰，笃定又明亮。那是少年浸透骨髓的天性，充满了冒险精神，认真、执着、不悔。

何旭就这么直视着邓柯，邓柯低头不知道在想些什么，片刻后，他突然爬起来就往外走。

“喂！”何旭叫住他。

邓柯停住脚步，没有回头，他说：“这场比赛你赢了。”

既然“赢了”，他自然也就愿赌服输。

何旭笑了，声音里染上笑意：“明天见。”

“明天见。”

另一边的周荔春无言地看着还没回神的成伟树，再看着眼眶微红的徐阳，他不停地用手搓脸。虽然她看得也挺热血励志的，但还没这么感人吧。

徐阳把毛巾丢给她，指了指还在场中央的人说：“你去送。”

周荔春惊诧道：“为什么？”

徐阳深吸了口气，假笑：“要脸，谢谢。”

激动哭了这种事，他丢不起那人。

周荔春默了一瞬间，拿着毛巾走了过去。

何旭显然还没恢复体力，也没看来人是谁，脱掉了防护外套，随手抓过毛巾胡乱在头颈处擦了擦。

他擦完了才发现是她。他的视线往休息区的方向看了一眼，失笑道：“那胖子是不是哭了？”

周荔春缓缓道：“他刚刚说冰球队创立很艰难，在拉拢邓柯这件事上太不容易了。估计……有点激动。”

何旭挑了挑眉，表情一点也不意外。

周荔春虽然不像徐阳、成伟树那么激动，但到现在都还觉得全身发热。她轻轻一呼气，干脆盘腿坐在他面前。

“有事？”何旭一抬眸，问。

和他的眼神对上，周荔春不由得心跳一窒，轻咳掩饰。也许是刚刚那场对决带给她的冲击太大，她突然有了更多想要了解的东西，关于冰球队，也关于眼前这个场上场下截然不同的，别人口中的天之骄子。

她想了想问：“你一心建立冰球队，到底是因为赌约，还是因为喜欢啊？”

她不得不承认这种体育竞技赋予的震撼让她久久回味，少年的热血和坚持也让她觉得应该重新审视。

她以前参加各类物理数学竞赛时都没刚刚那么紧张。

冰球队……加入这里或许是个不错的选择。

何旭扬眉，视线往下移动，扫了一眼她佩戴的胸牌：“我还不知道华西学校的新闻中心也兼职八卦。”

“娱乐八卦也是新闻的一种。”周荔春没忍住为自己正名，在对方变脸之前接着说，“我不是好奇你的八卦，我很认真地在问。”

何旭也很认真地和她对视，眼眸像被雨淋过的黑曜石。

周荔春稍稍有些尴尬，接着是紧张。她一直想让自己在采访时能放松一些，但似乎她第一次挑选的这个采访对象，并不是那么容易配合。

正当她有些囧地准备换个话题的时候，何旭突然拿出手机摁了几下，然后扔给她。

周荔春不明所以地接过，发现他打开了手机相册，有浩瀚瑰丽的大海，有成群结队的鱼群，每一张照片都美得让人目眩。

周荔春往后翻了翻，发现不只是潜水照，还有滑雪照、登山照、攀岩照，无一例外的是，每一张照片上的少年都笑得张扬肆意。

何旭长呼一口气，躺到地上，看着屋顶说：“赌约只是一部分原因，我喜欢的东西很多，每一项都是从尝试开始的，冰球也是。”

周荔春愣了会儿，他这是在回答她之前提出的问题。

何旭身上有一种肆意的自由，像是天空翱翔的猎鹰、深海畅游的大鱼、草原奔跑的雄狮。

仿佛这世间没有什么东西能真正入他的眼，也没有什么东西能真正将他束缚。

这样的人，就算上了冰球场，也一定是耀眼的。

她又问了他一个俗不可耐的问题：“你的理想是什么？”

他似笑非笑地看着她：“我们很熟？”

周荔春尴尬道：“不熟……”

她的脸发热，暗道自己太随意了，他可不是那种亲切随和的采访对象。

何旭扯扯嘴角：“回答你第一个问题，是作为你加入冰球队的初级权限。做不好，我可以随时把你踢出去。”

周荔春抬眼：“那我做好了，可以给你们每个人做单独采访吗？”

何旭一时无语，这重点抓得……挺好。

周荔春见他半天不说话，顿了下解释道：“那个……我们本来就要写关于冰球队的稿子的。”然后又问了句，“可以吗？”

这新闻系的卧底这么理直气壮，何旭暗道胖子到底捡了个什么人回来。

他那句到嘴的“不行”，转了下弯：“看你表现。”

周荔春开心了下，一举两得了。

成伟树买了饮料回来，见他俩坐在一处，好奇：“什么表现？”

“没什么。”何旭从地上爬起来，周荔春顺手把手机还给他。

刚好他收到一条消息，转头和徐阳他们说：“我先走了，明天下午集合。”

“哎……”成伟树嘀咕，“什么事这么急啊？”

周荔春注意到他手机刚刚跳出的消息发件人，刘云溪。

加入冰球队的事，周荔春就只告诉了宿舍里几个人。

初期事情也不多，主要是队员还没齐。几个男孩子都很照顾她，真正的那些脏活累活基本上也都不会让她动手，周荔春一时也不知道该干什么。

一天早上，她突然接到一个陌生号码发来的消息：“来食堂门口。”

她以为是谁发错了信息，没管。

过了几分钟，那个号码又发来信息：“周荔春，来食堂门口！”

她不明所以，回复：“你是谁啊？”

“何旭。”

“有事吗？”

“来了再说。”

周荔春：“哦。”

她叹口气认命地扔下手里的事情，顶着大中午把人晒脱皮的太阳去了学校的食堂门口。隔了大老远就见何旭闲靠在门口的桌子旁，戴着墨镜，口里居然含了一根棒棒糖，最可怕的是这么热的天，他居然看上去清爽无汗！

旁边不少经过的女生，都偷偷拿余光瞄他。

真是比烈日还刺眼！

周荔春不太情愿地挪过去：“怎么了？”

何旭钩下墨镜看了她一眼，随手从旁边拿起一大沓宣传单扔到她手上说：“就这些，中午发完。”

周荔春本能地伸手接过，却被突如其来的重量砸得差点没托住，是冰球队招募宣传单，她惊讶道：“全部发完？”

“嗯，全部。”

这还是周荔春加入冰球队之后第一次接收到指派任务。

不过……她看了看眼前这一脸无所事事的人，想也没想从中抽出一半递到何旭面前，抖了抖。何旭看了看她手上的东西，再看看她一脸“接啊，愣着干吗”的样子。

何旭眯了眯眼睛，想想之前备选的后勤有人敢这么理直气壮地让他做事吗……却有点想不起来，就记得叽叽喳喳挺烦人。

他看了看周荔春的细胳膊细腿，算了，再奴役走一个后勤，胖子估计得和他拼命。

他接过来：“行，那就一起发。”

“其余人呢？”周荔春看了看周围。

“我让邓柯带着他们先熟悉一下上场的感觉。”

“哦。”周荔春还挺意外的，没想到他这么快就直接让邓柯开始带人了。因为不是饭点，食堂人流量并不大，周荔春抱着单子看到合适的就发，发出去不多，毕竟这个招人还是要看条件的。

等她转了一圈回来，发现何旭还坐在老位置，手上拿着手机，借余光只要瞟见人来了就抽一张传单递过去，不管男女。

周荔春眼睁睁地看着好几个女生刻意上前询问，他抬头挑眉冲女生笑，弄得人家立马脸就红了。

周荔春一脸无语的表情。

这是发传单还是相亲哪？

等人走得差不多了，她几步奔过去瞧着一步三回头的那几个女生，问：“这也行？”

“为什么不行？”何旭眼睛黏在手机上，头也不抬，“你们女生的宣传力度其实更大，就算不管用，还能作为将来观众的储备力量。”

周荔春不自觉地点了点头，好像很有道理的样子。

何旭抬头发现了她傻傻的动作，呵了声。

下午一点，阳光更炽烈了，可宣传单一半都还没发完。

周荔春喉咙烧得慌，一扭头发现何旭脸色很臭，估计也是受不了这天气。

她想了想，进食堂的小窗口买了两杯冰镇饮料出来。

刚出来就见他把一摞单子扔进了旁边的垃圾桶，也不转头，就一直盯着垃圾桶看。大约不到五秒，他又认命般伸手捡了起来。

周荔春忍不住“扑哧”一笑，突然觉得他有点幼稚。

她递了一杯饮料给何旭。

他当作什么也没发生的样子，看了看杯子里黑乎乎的液体，皱着眉问：“这什么？”

“酸梅汤啊。”周荔春猜他估计没在食堂喝过，“试试，挺好喝的。”

他插上吸管喝了一口。

周荔春仔细地看着他的表情，脸色还是很臭，眉头还是紧锁，却一口一口没停地喝着。

周荔春暗笑，别扭的何三岁。

传单是发完了，但是过了两天发现效果甚微。

隔天下午，周荔春惊讶地看着一个人穿着筒靴、系着大围巾、戴着帽子口罩把自己捂得严严实实的人，他一路走来跟做贼一般。

就算蒙住脸，但她还是一眼就看出是何旭。

周荔春惊讶了，张了张嘴巴：“你……这是什么造型？”

这副样子要是让学校那些女生看见了，不得炸锅啊？

何旭一脸牙痛的模样，显然自己也嫌弃得不行，忍耐着把手里的桶和刷子塞给她，说：“先拿着，发传单效果不行，咱们得整个大的，先把单子贴在一些显眼的地方。”

周荔春看了看手上的东西，表情有点僵：“学校……应该不能随便贴这东西吧？”再说，这也没比发传单好多少吧？

何旭挽袖子的动作一顿，挑眉：“不许吗？谁规定的？”

周荔春看他那副样子，妥协道：“行，你……都说行了还有什么不行的。”

两人又跑了一下午。

何旭身高腿长，他负责刷胶水，周荔春负责贴，没想到配合起来速度还挺快。

学校操场旁边有一大面留言墙，周荔春踮脚将单子贴在他刷过胶水的位置上，看着他认真刷糨糊的样子忍不住笑：“没想到你做这事还挺熟练的？”

他停下动作，转过头打量她。

周荔春被他看得一滞，嘴角的笑直接僵了。

他斜靠在墙上问："知道我为什么会吗？"

"不知道。"她摇头。

何旭看着她脚下，皮笑肉不笑："因为你腿短够不着，因为邓柯那玩意儿只想着打冰球，因为胖子和成伟树现在在场上还站不稳，因为……"

周荔春的脸色越来越绷不住。

得得得，知道您老辛苦了，不想穿成这个鬼样子，也不想在太阳下爆晒，您辛苦了。

周荔春怕了他那张嘴，干脆不说话。

两人快要贴完的时候，远处突然跑来一个保安，一边跑一边还拿着传声机在和人说："我看见贴传单的人了，在操场这边！"

周荔春和何旭对视了一眼。

周荔春喊："跑！"

何旭反应极快，拉着她就拔足狂奔。

那保安追着喊："你俩给我站住！"

周荔春感觉自己已经很久没有这么跑过了，心跳快得像是要从嗓子眼里跳出来，喉咙干疼，脑子嗡嗡的。

何旭一转头就看到她那副死样子，"啧"了声，一把拽过她躲在了二教后面的草丛里。

周荔春腿一软就要往地上坐。

何旭一把将她提起来，瞪了她一眼："刚跑完就坐，你有没有点常识？”

周荔春撑着腿大喘气：“没想坐，是腿软没站住。”

她本来就不擅长运动，体能为零。

两人躲了一阵子，保安没过来，估计已经沿着另一条路找过去了。

周荔春缓了半天才小声问他：“现在怎么办？学校肯定会找我们麻烦。”

何旭看了她一眼，估计也是被追得有点心情不爽，慢条斯理地将下巴的口罩往脸上提了提，面无表情地说：“反正他又没看见我的脸。”

“虽然我一开始忍着没说啊……”她的目光扫过他这一身装扮，“但你知道‘掩耳盗铃’四个字是怎么写的吗？”

第二天，连带着邓柯一起，冰球队全体成员拿着特殊清洗工具把所有贴上传单的地方进行一一清洗，校园两大校草被集体围观。

教务主任一脸严肃地站在他们后面，对着周围的学生喊：“去去去，有什么好看的！”然后转头就训斥他们，“你们简直是无法无天！知不知道学校不让贴小广告？你们还到处给我贴！我跟你们说，检讨！必须检讨，周一开大会的时候给我上去念！”

徐阳刮得心烦，对何旭嘀咕：“你怎么想的？”

“干你的活儿。”

徐阳被何旭那一眼瞪得噤声，默默地躲一边继续和小广告奋斗——这该死的质量超好的黏得死紧的胶水！

搁在以前，周荔春打死也想不到自己居然也有写检讨的一天，这感觉对她来说还有些新奇和不可思议。

办公室里，教务主任气急败坏地教训周荔春：“你……你……”

“主任，检查，写好了。”周荔春把手里的纸递过去。

教务主任一把抓过，抖了抖说：“你让我说你什么好！你可是你们那个省的省状元，学校一直对你寄予厚望知不知道？”然后又指了指她身后还在写检讨的几个人，“和他们搅和在一起，他们是什么人，吃饱了撑的，弄个破冰球队……”

“主任。”周荔春打断他，有点无语，“不是破冰球队，他们都很认真。”

很认真地在做这件事，这也是她这些天的感受。

而且她也是从这一刻开始觉得，学校在组建冰球队这件事上，是真的不支持。

教务主任估计没想到自己眼里的乖乖好学生居然会顶撞他，噎了一句后更生气了：“我看你就是……”

“咚咚”两声，何旭走了过来，敲了敲桌面打断了主任的训话。

他往周荔春身前站了站，漫不经心地笑着说：“姜主任，差不多就行了，贴广告是我让她做的。您要是把我们队的人给吓跑了，我找谁要去？”

“何旭！”姜主任一拍桌子站起来，气得不轻，“你们学不学习我是管不着，可周荔春……”

“主任。”周荔春扯了扯何旭，语气很镇定，“这次的事情我们是有责任，但加入冰球队是我自愿的，任职冰球队后勤后，我也可以保证学习上不退步。就算真有什么问题，那也和冰球队，和他们任何一个人无关。”

何旭意外地看了她一眼，第一次认真审视她。

女生安安静静地站着，绷着一张小脸，镇定又自信。

姜主任最后连说了两声：“好，好，我是管不住你们了。”

然后，他下最后的结论，指着何旭说：“你周一上去念检讨！”

周荔春松了口气，念检讨这事儿，呃……还是不要为好。

周一那天，姜主任拉着张严肃的脸说：“前两天我们学校发生了一起违纪事件……”

他还没说完，下面的学生已经嘀嘀咕咕起来。

何旭走上去，所有人都对这个姿势悠闲的人行注目礼。

何旭插着兜站在话筒前笑了下。

“各位同学老师好，鉴于前两天在学校张贴宣传单一事，在此做出严肃的自我批评……”他手上连检讨书都没拿，嘴上说着深刻检讨，但怎么看都不像那么回事。

于新瑶站在人群里对周荔春说：“哇哦，检讨书都脱稿，你们冰球队这下估计要火了。”

曾月：“我看也是。”

周荔春恍然明白，他当初说要整个大的，不会是指这个吧？

不过也没错，就这宣传效果，没谁了。

周荔春满头黑线地感叹自己果然还是太嫩，说是学校让他们做检讨，到头来还不知道是谁利用了谁呢。

之后两天，冰球训练场门口果然涌现了好多人，可是来的绝大多数是女生……

周荔春那几天一直在负责打发人，折腾得够呛，心想自己为拿个学分也是忒不容易。

过了两天好不容易消停了一阵，她晚上还是坚持去了图书馆。

世界上多的是有才又努力的人。周荔春想要成为记者，源于六岁那年一场化工厂爆炸，这场事故让她失去了父亲。那时化工厂的领导想掩盖爆炸的真相，是记者的报道，让这件事广为传播，让事件发酵，也让那么多受害家庭得到妥善安排。

就此，她在心中埋下了种子。

她想这个世界上一定不缺少充满了人文主义理想的人和传播者，她想成为其中的一个。

这个念头随着时间的流逝，生根发芽。

理想这东西对她来说是奢侈的，但也正是因为奢侈，才要拼尽全力去达到。

周五那天晚上，周荔春刚从图书馆出来，就接到舍友于新瑶的电话。

“四儿，你在哪儿呢？”

“刚从图书馆出来，准备回宿舍，怎么了？”

“回什么宿舍啊，出来吃饭，我们都在外面。”

周荔春找到那家名叫“食满香”的川菜馆，看见几个舍友，她走过去放下提包，疑惑地问：“今天怎么出来吃饭了？”

“食堂吃腻了，偶尔也要换换口味嘛。”于新瑶递了一双筷子给她。

朱娅沁打击于新瑶：“每天嚷着要减肥的是你，到了饭点吃得最多的还是你。”

于新瑶扬言要和朱娅沁绝交，然后扯着周荔春的胳膊说：“你们发现没有，四儿就是我们宿舍那个每回并没有少吃，却从来没有发胖烦恼的人。”

周荔春刚塞了一口牛肉，闻言笑说：“长不胖我也没办法啊。”

“我劝你善良！这样赤裸的实话会被打的！”

几个人热热闹闹地解决了晚饭，出了一身汗。小餐馆里并没有空调，几台风扇吹出来的全都是热风，出了门，于新瑶热得直嚷嚷：“热死我了，我们快回去。”

周荔春跟在后面走了两步，突然想起来卫生纸没了。

她把手里的两本书递给于新瑶，说：“你们先回吧，我去旁边的超市买点东西，一会儿就来。”

“那你快点啊。”

“知道了。”

超市并不大，但是东西都还算齐全，周荔春买了一大袋常用的那种卫生纸，还买了一瓶洗发水，结了账往外走。

她穿着简单的T恤和牛仔裤，对C城这样闷热又漫长的夏季有些无法适应。

她低着头往前走，想着等会儿回到宿舍得给妈妈打个电话。

“你有完没完？”旁边突然传来的不耐烦的声音吓了周荔春一跳。

声音并不陌生，是何旭。

这个点路边并没有多少人，街边店铺里有灯光照射出来。

何旭插着兜站在路边的大树底下，表情冷冷淡淡的，眼尾微微上挑，是他一贯的那种表情，证明他已经有些不耐烦了。

站在他面前的女孩非常漂亮，穿着件露背裙，细腰长腿，大波浪卷发柔顺披散着。她应该就是何旭的女朋友、成信大学的校花刘云溪。

成信和华西仅仅隔着一条学府大道，想要见面也就分分钟的事。

刘云溪看样子也来了气，铁青着脸说：“什么叫我有完没完？你在国外的时候就算了，现在回来了每次也是我主动找你，何旭，追我的人都排长队了。”

“见识过了。”何旭冷笑。

刘云溪愣了下，随即盯着他的脸笑开：“何旭，你是不是吃醋了，所以才故意不理我的？”

她踮着脚，伸手够上男生的脖子。

何旭烦躁地将她的胳膊拉下，不耐烦地说：“你想多了。”

他不是个好哄的主儿。

刘云溪明显不相信，乘其不备一口亲在他嘴角，笑着说：“不，你就是吃醋了。”

何旭的表情很明显地僵了一下。

路边的小饭馆里出来两拨人，总共也就七八个，闹哄哄地往这边走来。

何旭立马往后退了一步，刘云溪紧跟其上，伸手吊着他脖子不松手。何旭拽了拽没有拽掉，俊朗的脸上露出一丝尴尬又羞恼的表情，仰着脖子说："松开，有人。"

"我才不管。"刘云溪自顾自埋在他胸前。

"你到底松不松？"

刘云溪："不松！"

……

回宿舍必须要经过他们待的那一段，周荔春被迫目睹了一场打情骂俏，觉得异常尴尬，她继续走也不是，扭头走也不是，干脆一闪身藏在隐蔽处，打算等他们走了再出来。

她听见路过的人嘀咕："那边那对情侣，女生像不像刘云溪啊。"

有人回："看不清脸，你想多了吧，不过男生挺帅的。"

周荔春不知道他们走了没，贴着墙根探头往那边看了一眼，刘云溪正凑在何旭的耳边说着什么，而何旭的目光刚好朝着这个方向扫了过来。

周荔春快速收回目光，低着头捂着急速跳动的胸口疑惑，她在这儿躲着是为什么？被看到也没什么大不了的吧？

另一边，刘云溪扯了扯何旭的衣摆，仰着头问："看什么呢？"

何旭眯了眯眼睛，回转头："没什么，一只做贼心虚的野猫。"

周荔春额头三条黑线。

第二天是冰球队例会的时间，周荔春提前十分钟到了，但是现场却和她想象的不太一样。

何旭没在，场地之前被整理出来的训练器具被推到一侧，除了冰球队的人外还站了二十多个女生和一众牛高马大的穿着篮球装的男生，气氛颇为古怪。

“怎么了？”周荔春悄声问离她最近的成伟树。

成伟树看见是她，小声道：“旭哥今天有事不来，结果我们回来的时候发现场地被人占了，这些人说这里被临时征用作迎新晚会的排练场。”

周荔春内心第一反应——冰球场用来排练？也不怕摔成脑震荡？

徐阳很生气，而邓柯靠在旁边的墙上，表情冰冷。

看了半天，周荔春算是清楚了，这二十多个女生全是舞蹈队的，这次文艺会演节目多，场地基本都被占全了，刚好有学校篮球队的男生献殷勤，建议她们到这边排练。

领舞的女生叫楚悦，很漂亮，此时脸红得像是刚煮熟的龙虾。

她抿了抿嘴唇，犹豫着走到邓柯面前，说：“这事是我们不对，没有事先经过你们的同意。能不能看在大家以前是同学的份上，这事就算了？”

楚悦喜欢邓柯，她考到华西大学就是因为他。但无奈邓柯是个面冷心更冷的人，这么多年，眼里除了冰球和家人就没容下过其他东西。

所以，邓柯冷若冰霜地反问：“我认识你？”

楚悦当场就红了眼。

邓柯其实没有多余的意思，是因为他真的和对方不熟。加上因为这群人的涌入，弄得一些乱七八糟的道具和残渣将训练场糟蹋得不成样子。

这比没有事先通知严重多了。

就算没有加入冰球队，这样的行为在邓柯看来都是不可原谅的。

一时间，场上的气氛非常尴尬。

舞蹈队的漂亮妹子走到哪儿不是被人捧着，这邓柯拽什么拽？围观群众里有学校篮球队的男生看不下去了，其中一个染着黄发的男生跳了出来，不屑道：“你们这个什么冰球队连人都不齐，要这么个训练场拿来有屁用！”

有个黑壮的男生跟风：“就是，你邓柯会冰球不假，另外那都是些什么人，还和人成信大学的冰球队比赛呢？说大话也不怕自己打脸。”

“你再说一句！”徐阳火了。

站在边上的周荔春眼疾手快，一把拽住了想往前冲的徐阳。

她用力拖住徐阳，皱眉冲刚说风凉话的男生道：“自己学校丢脸，你们还觉得挺开心？”

谁也没料到她一个女生会跳出来说话。

周荔春的声音不大，身量娇小的她看起来也不具威胁。她原本不是爱出头的人，也是抱着私心加入的，但是这两天她亲自参与了冰球队的艰辛组建，虽然现在球队还没成型，但徐阳和成伟树每天都想尽办法招揽新人。邓柯话虽少，但次次队里集合都不曾落下。至于何旭，没有他，冰球队根本重建不了吧。

虽然很多人甚至学校都不看好他们，但周荔春还是觉得这些话异常刺耳。

“你又是谁？”黑壮男生讥诮道。

周荔春根本没管对方说了什么，绷着脸严肃地说：“冰球队就算再怎么不被看好，但此事已经上升到两所学校之间的竞争了，大家应该一致对外。我以为这点集体荣誉感连小学生都知道，你们居然没有吗？”

黑壮男生被怼得说不出话，脸色涨红，耍泼道：“你是谁啊？要你多管闲事！”

就这么短短的一瞬，邓柯、徐阳，甚至连胆子很小的成伟树都站到了周荔春的身前，将她挡在人墙后。

周荔春看着前面几个或高大或瘦削的背影，有股温热的感觉弥漫胸腔，第一次觉得，他们是一个团体。

“她叫周荔春，冰球队的后勤。怎么，你有意见？”人群后横插进来一道声音。

蛮横的、冷冷的，带着一股不容人反驳的气息。

挡在门口的人自动朝两边让开，何旭抬脚走上前，冷着眉眼看着挑衅的人。

不少女生偷偷在打量他。何旭从进学校后就话题不断，近距离见着本人后，女生都有些按捺不住激动的心情。

就是他此刻的表情不怎么好。

何旭站在队员前面冷眼看着这一群人，挑了挑眉头。学校这什么破文艺会演？没事把这么多人聚集起来又没有场地，到头来全挤在这儿，是不是有毛病？而且他发现，做了亏心事还理直气壮的智障还不少。

之前还嚣张的几个篮球队男生现在都缩了回去，这小霸王的名声他们都知道，硬碰上估计吃亏的是自己。

“不是说今天不来吗？”徐阳小声问他。

“顺路来取点东西。”

何旭的眼睛在现场扫了一圈，没人和他对视。

他哼笑了声，扬着声音说：“我知道不少人对我们冰球队挺好奇，今天在这里我可以和你们交个底，冰球队是一定会成立的。”然后转头冲刚刚叫嚣的男生说，“这里不是你们篮球场，耍横要看准地方。”

话音刚落，引起不少女生的惊呼。

周荔春看着何旭，有点头疼，这人招蜂引蝶的本事真是无处安放时刻散发啊！

现场女生花痴的表现让篮球队的男生脸色极其难看。

护花使者没当成，反倒丢了脸。

气氛僵持不下的时候，学校社团指导老师边蓝及时赶来。

边蓝也就二十五岁左右的样子，非常漂亮。她一到现场什么也没做，赶紧通知有排练的人转移了场地，说已经挪出了地方。

临走的时候，她还特地走到何旭和邓柯面前，笑着说：“校长特地指派，以后我会是你们冰球队的指导老师，有任何问题都可以找我，我看好你们。”

边蓝带着一群人快速离开了。

训练场很快恢复了平静，只有一地道具堆积的狼藉在提醒他们刚刚差点发生一触即发的动乱。

一时间，谁也没有说话。

过了半晌，徐阳失魂地喃喃："我觉得我刚刚一见钟情了。"

"对谁？"周荔春奇怪地问。

徐阳咽了咽口水："边蓝老师。"

何旭一手搭在他的肩膀上，语重心长，表情调侃："胖子，咱在冰球队当个招财童子挺体面的，丢人别丢外边。"

徐阳当即屈肘捣回去，愤怒："胖怎么了，吃你家大米了？"

所有人都笑出声，连一向不怎么说话的邓柯也跟着弯了弯嘴角，现场的气氛顿时轻松起来。

第三章 / 明明刚刚相遇，却又像是认识好久

| W u F a Z u D a n g A o J i a o D e T a |

打扫训练场。

大家一开始都还不是很熟，相处间多有试探的小心翼翼，最自在的人估计就是何旭，浑身散发着一种“我的地盘，别惹我”的气息。

他有轻微洁癖，拿着个拖把杵在地上，伸脚踹了踹在地板上躺尸的徐阳：“起开！”

徐阳噌地翻身坐起来，环顾四周：“邓柯呢？”

“卫生间去了。”

徐阳半天没挪窝，反而往边上的休息区扫了一眼，神秘兮兮地对何旭说：“你有没有觉得自从小春春来了之后，成伟树那小子就不大对劲？”

“小春春？你恶不恶心？”何旭吐槽，然后顺着徐阳的视线往那边扫了一眼，角落的位置，成伟树正和徐阳口中的小春春争抢一块抹布，说这种粗活就该男孩子干。

周荔春将脸颊边的碎发捋到耳朵后面，弯着嘴角笑，对成伟树说：“那你可以把我当男孩子看。”

成伟树当即闹了个大红脸。

何旭淡嘲着勾了勾嘴角，暗道她倒是对谁都好脾气。

他回头问徐阳：“哪儿不对劲？”

“哪儿都不对劲好吗！你忘了当时那小子在厕所被人打得哭爹喊娘的尿样子了？你再看看现在，八成是思春了。”

何旭不置可否，轻笑了声：“怎么，你看不惯？”

“谁看不惯了！”徐阳梗着脖子又红了脸，像是想起什么。

收拾整理完已经有些晚了，几个人坐在休息区，徐阳说忙了半天干脆叫外卖。大家都没什么意见，问何旭，他摆手说随便。

三十多分钟后，外卖送来了。

送外卖的男生高高壮壮，五官端正。他看起来很热，汗水沿着额头不断往下滴落，还一个劲地笑着抱歉：“不好意思，刚刚路上堵了一会儿，有点儿晚。”

“没关系的。”离他最近的成伟树小声说。

送餐男生拿着外卖单看了看，问：“请问你们谁是‘徐日天’？”

所有人都被这个名字雷得不轻。

徐阳跳下休息台，脸色罕见地有些尴尬，连忙应：“我我，你把东西放边上就行了。”

送餐男生走过去。

成伟树看着送餐男生的背影小声惊叹道：“居然是他啊。”

何旭挑眉：“你认识？”

成伟树点头，说：“认识。他叫钱铮，我们一个系的。他是我们数学系第一名，是个数学天才，关键是他人也很好的，就是听说家里条件不太好，他有个亲妹妹，好像智力有些问题。”

何旭来了兴致：“我们学校的？”

他看了看送餐男生高壮的背影，回头和邓柯对视了一眼。

邓柯明白他的意思，点头说：“你要把人弄进来我没意见。”

钱铮放好外卖正要出去，何旭把人叫住：“同学，你有没有兴趣加入冰球队？”

钱铮对这个突如其来的邀请有些措手不及，红着脖子连忙摆手说：“不不不，我运动不怎么在行，而且我要送外卖，所以不太有时间。”

何旭铁了心把人留下，想了想说：“运动是要靠训练的，谁也不是生来就会。而且我们有固定的训练时间，不会耽误你的兼职。”

“可我……”

这未尽之言大家都猜到了两分，钱铮的情况有些特殊，一时很难找到解决办法。

就在这时，周荔春突然开口：“你其实可以把妹妹带来这里。”

她发现大家因为这句话都在看自己，怔了怔，又笑着说：“我以前在福利院做过兼职，有时间可以帮忙照顾。前提是你信任我的话。”

徐阳立马接话：“对对，我们小春春就是冰球队的砖，哪儿需要往哪儿搬。”

她这算是找准了自己在冰球队的位置吗？

何旭干咳了声，转头对钱铮说：“放心，进了冰球队大家都是兄弟，大家都会帮忙看着，你也不用有压力。”

一向不发表意见的邓柯也表态了：“你可以先进来试一段时间，如果有什么问题，我们可以再做调整。”

钱铮思考了两分钟，最后郑重地点了头，他就是突然想要试试看，他未必不行，不是吗？

一成不变的人生，偶尔也需要那么点儿意外和不同。

钱铮加入冰球队的当天晚上，周荔春到了宿舍楼底下才想起来自己的外套落在训练场了，她想了想，还是折身回去取。

九月底的天气依旧闷热，时间还算早，学校小吃店门口挤了不少人。

周荔春听到有人叫自己。

走近了才发现是徐阳和成伟树，他们身边还围了不少光着膀子的少年，挥汗如雨地埋头嗫粉，应该都是同学。

“干吗去？”徐阳问她。

“东西落训练场了，回去取。”

原本缩在阴影里的成伟树连忙站起来：“要……要我送你吗？”

“不用了。”她笑着拒绝。

徐阳一把将成伟树拽坐下，同周荔春说：“你有钥匙没？今天应该是何旭最晚离开，他不住校，不过到这个点他应该也已经走了。”

“我有的。”

寒暄了两句，周荔春就离开了。

有男生起哄问徐阳：“刚刚那谁啊，仔细看长得怪好看的，有男朋友没？”

“没有也不关你们的事儿！”徐阳啐对方，继而敲了敲桌面故作严肃道，“周荔春，是我们冰球队唯一的女生，一根独苗啊，还是新闻系排名第一的学霸，人虽小但是厉害着呢，好好的白菜要是让你们拱了我第一个不答应！”

起哄声响起来，徐阳笑骂着，只有成伟树酡红着脸没有说话……

训练场的门居然是打开的，里面只亮着一盏门灯，偌大的空间里灯光显得格外微小，里面没有丁点响动。周荔春以为何旭离开的时候忘了关灯和锁门了，便抬脚往里面走。

按下门口的开关，室内瞬间大亮。

场中央突然坐起来一个人：“谁？”

周荔春吓得手一抖，又把灯给关了。

“你一开一关的，做贼呢？”何旭已经认出她，嗤道。

“你怎么没回去？”周荔春松了口气，打开灯，走到场中央居高临下地看着又躺下的他。

教练还没找到，所以这几天都是邓柯对队员们做一些简单的训练讲解。

何旭显然不习惯这样和人说话，不耐烦地皱皱眉。

周荔春察觉到了，内心吐槽了一句“果然少爷臭毛病多”，在他旁边蹲下问：“教练的事儿怎么样了？”

说到这个，何旭回答：“接触了一个，自称是从国家队退下来的，再看吧。”

看他的反应，周荔春想，看来沟通得不怎么样啊。

两人没话说了，一个蹲着一个躺着，画面颇为奇怪。

何旭到现在终于想起来问她：“你回来干什么？”

“我衣服落在这儿了。”

何旭“嗯”了声没再说什么。

他们俩其实不熟。加入冰球队的这几天，周荔春就简单地做做队员记录、收拾清点器具，何旭没对她的工作表示过满意，但也没有不满。

他继续躺着，手垫在脑后看着房顶出神。

周荔春自觉两人不是能像朋友那样随意交流的关系，站起来找到衣服后，准备离开。

走之前，她顿了顿，回头，看着躺在正中央的颀长的身影，突然问：“你是在烦招不到人吗？”

一句话说到重点。

何旭一骨碌从地上爬坐起来，拇指划过眉骨，皱着眉道：“现在队里就一个邓柯能打，不能再找一个零基础的了，那样太费时间。”

他狭长的眼眸扫过来，对她刚刚的说法表示不满：“什么叫招不到人？组队也要战略的懂不懂？”

周荔春耸耸肩懒得和他计较，但是脑子里闪过一个人影。

她想了想还是开口说：“其实……我或许有个人选。”

一路跟着周荔春到了学校背后的那条土公路时，何旭都在怀疑自己是不是被诓了。

这是一大片荒地，就一条土路，路面还坑坑洼洼的，连路灯都没有。何旭在心里吐槽着，想自己怎么会脑子一热跟着她来这种地方。

他拽住打着手机电筒一直往前走的人，对方硌手的细瘦腕骨让他忍不住松了几分力，皱眉问："你确定没走错？这儿连个鬼影子都没有。"

正仔细看路的周荔春猝不及防被拽了回来，脸撞到了对方硬邦邦的肩膀，疼得她"嘶"了一声。大夏天大家都穿得很薄，周荔春能明显地感觉到对方身上的温度。

她把电筒对准何旭的脸，面无表情地说："你到底走不走？"

何旭居然被她冷着的脸唬住了，松开五指举起手，示意她继续。

周荔春努力控制对刚才不经意接触而产生的巨大心理波动，生怕心跳得过分猛烈的声音让对方听到，故意把脚步放得很重而呼吸都提着。

再往前走了差不多五十米的样子，听到一声猫叫，细细娇娇的。在这月黑风高的晚上，有些瘆人。

周荔春解释："这片经常有流浪猫聚集，前两天好像有一只母猫生了五只小猫崽，他每天这个点都会到这边来喂猫的。"

大晚上喂猫？还在这么偏的地方？何旭呵了声，也是个奇怪的人。

没走几步，果然看见前方的地上蹲着一个黑影。

"李腾。"周荔春出声。

这边居然有一盏昏黄的路灯，一看就是临时牵的，灯泡随着风在木桩上摇摇欲坠。

黑影听到声音站起来，是个男生，又高又瘦。他戴着黑色卫衣上的连体帽，耳朵里塞着白色的耳机，脸色有些不正常的白，看起来消瘦单薄。

“荔春？”男生开口，声音有些嘶哑。

他看向周荔春的同时，也看了一眼她旁边的何旭。

何旭扬眉。

周荔春和李腾是初高中六年的同学，但也就是能交谈几句的朋友，并没有很亲密。

她指了指旁边的人说：“这是何旭，学校冰球队的。”

李腾抬眼看了何旭一眼。少年眼眸极黑，昏暗的星点灯光落进他眼里，像是明亮的星星。

周荔春犹豫了一下才开口：“我今天找你，是想问问你有没有兴趣……打冰球？”

李腾闻言，眼神动了动，却下意识地捏紧了手。

他说：“不。”

周荔春没有就此放弃，她扯着何旭的袖子把人拉近了说：“这个人想要建立一个冰球队，现在很缺少合适的人，李腾，我知道……你其实从没有放弃……”

“我知道他。”李腾突然出声打断她。他的声音比一般人沉，甚至带着几分重音，他转头看向何旭，“我知道你，何旭。但是你没有赢的可能，就算有邓柯加入，你们也不可能赢。”

男生的眼睛形状有点像猫眼，往上微挑，不知道是睫毛太长还是太黑，有着极其分明的眼线。

“所以我们需要你。”

何旭开口的第一句话成功让李腾微不可察地敛了敛眉。

何旭继续说：“如果你真的一点都不感兴趣，就不会知道冰球队、邓柯，甚至是我。我也知道你，李腾，短道速滑既然是你的强项，我相信冰球也不会让你失望。”

他们就那样看着对方，谁也没再开口。

过了半天，李腾像是经过极其复杂的内心争斗，艰难地开口：“我需要考虑的时间。”

“OK，等你。”

李腾比他们先一步离开。

周荔春看着李腾渐渐融入黑暗的背影，喃喃：“他曾是青少年短道速滑冠军啊，当时都已经收到职业队的邀请了，没想到他会意外受伤……”

何旭瞥她一眼：“他康复了不是吗？”

“好像他家人不支持他继续走这条路。”周荔春的语调不自觉地降了下去，带着一丝自己都没察觉的遗憾。

她见过李腾在赛场上最耀眼的时刻，充满鲜活生动的生命力和蓬勃朝气的少年，即使隔着电视机屏幕，都能感觉到。

也正是如此，看到如今的李腾，她充满了惋惜。

周荔春沉浸在自己的思绪里，甚至没有注意到何旭逐渐变深的注视。

他突然问她：“喜欢冰球吗？”

"啊？"周荔春不知道问题为什么会突然跳到这儿，还是老实回复，"喜欢啊，体育竞技的魅力无人可挡啊。"

何旭轻笑了声，第一次发现这个随手招来的后勤还算这么回事。

"这件事办得不错，记你一功。"

"谢主隆恩啊。"

两人回程，在路口分手。

十分钟左右，周荔春回了宿舍。

"你这大晚上去哪儿了？这么晚才回来？"曾月敷着一张黑色面膜，替她开门。

门一打开，周荔春被一张黑脸吓了一跳，拍着胸口抱怨："月月，你也太吓人了！"

"吓你什么了？你别是做了亏心事，心虚吧？"曾月赶紧按住因说话滑落下来的面膜。

于新瑶从阳台进来："她能做什么亏心事，反正不是图书馆就是冰球队，要不就是在找兼职，活脱脱把自己活成了一陀螺。"

曾月扶着面膜，尽可能脸部动作小地问她："你们冰球队可是有何旭和邓柯两大帅哥啊，就没有点什么……"

周荔春无语地斜她一眼，从床边扯下毛巾甩在肩上："我就单纯地为拿一学分。你想想，被邓柯冻死或者被何旭女朋友挠死，选哪一个都是傻子好吗？"

何旭一心要把冰球队建起来，即使对冰球一无所知，却敢和邓柯上场较量。

周荔春只想尽心尽力做好自己应该做的事情，这是她一直行事的准则。像这次拉李腾进入冰球队，这是她力所能及的事儿，且又能帮李腾弥补离开冰场的遗憾，所以她会去争取。

至于其他的，她没空想那么多。

于新瑶吐槽：“我看未必，学校可有不少小妖精想要踹了刘云溪取而代之呢。”

“有点难。”曾月感叹，“我近距离见过刘云溪本人，美得几乎没有瑕疵。”

朱娅沁坐在床上做最后总结：“所以做梦这种事，适可而止为好。”

“娅沁说得没错。”周荔春哈哈笑了两声，快速地拿起塑料盆，“我先去洗澡。”

……

第二天下午五点，周荔春上完课就直接去了冰球训练场。

还没进去呢，就听见里面传来一阵阵欢呼声。

周荔春紧着几步进去，徐阳大力拍着钱铮的肩膀心花怒放地连环放彩虹屁：“哥们你也太贤惠了，点心能做到这个水准，真是大师级了。”

钱铮不好意思地挠了挠头，一脸憨厚的笑容：“下次请大家去我家，我给你们做饭。”

“看来我以后得改口叫你‘钱妈妈’。”徐阳哈哈大笑。

一时间，“钱妈妈”“钱麻麻”声此起彼伏。

成伟树最先发现进来的周荔春，从食盒当中拿了一块卡通型饼干递给她说：“尝尝，钱妈手艺很好。”

周荔春扑哧笑了，说：“胖子说什么你都跟着学。”

成伟树的脸噌地就红了，他结结巴巴地解释：“就是……就是习惯了。”

何旭不知道什么时候过来的，一巴掌拍在成伟树的肩头，没好气地骂：“当初在厕所怎么跟我说的，想要变强不想要被人欺负，一跟人说话就结巴，什么臭毛病！”

“旭哥。”成伟树苦着一张脸，“对着女生我紧张你又不是不知道。”

何旭斜了周荔春一眼，脱口而出：“她不算女生。”

……

有病啊，她这是招谁惹谁了？

几人说着话的时候，大门突然被推开。

李腾还是一贯的装扮，穿黑色连帽衫，戴着耳机，背着画板。他是华西大学里神秘又阴郁的少年，画板上的画总是暗沉沉的星空，压抑又迷茫。但是，此刻他抬头看着里面齐齐静下来朝他望过来的人，眼中有光。

周荔春最先反应过来，扬手打招呼：“来啦。”

“嗯。”李腾点头。

何旭显然还没来得及和其他人说昨天晚上的事情，很自然地走上前搭上男生的肩膀，说了句：“李腾，新加入的队员。”

大家反应过来纷纷热情地打招呼。

说起来，李腾的名声也不小，过往的经历是他甩脱不掉的标签，但是他又和邓柯那种独来独往的冷淡不同，他如同蝉蛹，完全将自己包裹起来，更像是在寻求安全感。

周荔春也凑过去，笑着说：“欢迎。”

“谢谢。”李腾抿唇，嘴角微勾，两颊各显出一个圆圆的小酒窝。

周荔春看着他脸颊边的小酒窝不免提前头疼，她甚至都能想到他回到冰场之后，那些母爱泛滥的粉丝会如何眼冒红心。

她被自己的想象逗笑，忽然，眼前一暗，兜头罩来一件外套。

淡淡的不算陌生的香味让她愣了两秒，抬手把衣服扯下来，她翻着白眼看向何旭。

何旭倒是丝毫没有接收到，吩咐说：“钱包在口袋里，订个地方，今晚大家一起吃饭。”

所有人一起欢呼。

周荔春无语，只好笑着说：“那我随便订了哦。”

一直知道何旭是不会为钱发愁的那种人，但是当周荔春从口袋里摸出钱夹，看着里面一大沓现金还是没忍住腹诽了一句：“万恶的资本家。”

周荔春在离学校不远的一家火锅店订了位置，走路过去也就二十分钟的样子。不知道是谁提议骑单车去，得到一致认同。

清一色的蓝色共享单车在学校门口就有一排。

队员们各自选了一辆。

何旭当时就站在周荔春旁边，低头查看单车有没有问题，抬头的时候顺口对周荔春说：“不会骑就让他们带。”

他倒是做主惯了，自顾自下了她不会骑自行车的定论。

周荔春把自行车提出来，学着他的样子呵了一声：“我骑着自行车走街串巷送外卖的时候，你说不定还在海里喂鱼呢。”

她难得和他对着干，何旭动作一顿，单脚轻松踩在地面，弓着腰眼神危险地睨着她。

周荔春也早见识过他真正的样子，他就是一只护短的纸老虎，于是她昂着头梗着脖子回了个强硬的“你拿我如何”的表情，却一瞬间逗笑了何旭，少年嘴角含笑，狭长的眼角微微弯下来，难得地带上了几分孩子气。

风从远处跋山涉水而来，携着湿润的水汽裹着莫名的香气，周荔春在这一瞬间失了神。

远处，钱铮在喊：“出发了！”

周荔春慌张低头。

前面的少年们呼喝着卖力蹬自行车，风把单薄的衣裳吹得鼓胀，偶尔能听到徐阳挤对钱铮的话语。

何旭一边追上去一边道：“胖子你光挤对钱铮有什么用？骑快点！说不定前面还能有个眼瞎的姑娘等着你。”

“可别，比不过您，花名在外的。”

“滚蛋！”

周荔春慢慢骑着跟在后面不远处，今夜风微凉，头顶繁星颗颗逐渐清晰，怎么看都是好时候。她心里感慨，不过也就两周左右的时间，六个少年因为各种理由汇到了一处，从此并肩作战，一往无前。

而她呢，原本以为会很平静，过着按部就班的大学生活。因为加入冰球队，多了不少意外和惊喜。

大家都骑得很慢，晃晃悠悠的。

明明刚刚相遇，却又像是认识好久。

吃饭的地方环境还挺好，正是晚高峰时期，店里人不少，热火朝天的。

他们一行人共七个，走进店里的瞬间感受到四方似有若无地打量。何旭和邓柯明显是习惯了的人，没有丝毫不自在，反倒是钱铮慢半拍地疑惑："我怎么感觉大家都在看我们？是我脸上有什么吗？"

徐阳哈哈大笑，直指走在前面的何旭和邓柯说："有了这两位，相信我，你以后会时不时感受到人间温暖的。"

周荔春还是颇有些不自在的，她不是没有参加过社团聚会什么的，但这次一堆男生中就她一个女生，这众星捧月的存在感让她有些无所适从。

他们找了最靠里的桌子围坐下。

徐阳专门空出何旭和邓柯中间的位置，冲最后过去的周荔春挤眉弄眼："小春春，我们队里的 VIP 王座，感受一下？"

周荔春刚想要摇头，旁边的何旭就斜了徐阳一眼说："都让你换个称呼。"

徐阳吐槽："你一天天能不那么多意见吗？"

何旭被噎了，也没有说话。

大家纷纷坐下，这时候再矫情也没意思了，周荔春只好顺势坐在徐阳开玩笑留出的王座上，左边是何旭低头玩手机，右边是邓柯在认真看菜单。

菜单在桌上轮了一圈，每个人都选了一两个菜，她也随意点了两个蔬菜，到了上菜的时候才发现东西很多，一张桌子完全摆不下。

锅底嘟嘟地冒着热气，红油翻滚。

男生要熟悉起来很快，加上有徐阳这个活跃气氛的万金油，不愁冷场。

东拉西扯，连最不爱说话的邓柯和李腾都被带动，说男生隔壁宿舍某个半夜回来在门外唱歌的醉鬼，说专业老师的奇葩爱好和习惯，说谁和谁军训的时候就撒狗粮……

周荔春虽没加入谈话，但脸笑得都有些僵了。

后来话题不知道为什么就扯到了女朋友上。

徐阳忽然感慨地说："小春春，我们大学四年能不能脱单就靠你了，有美女记得不要忘记我们。当然啊，何旭和邓柯除外。"

旁边的邓柯筷子一顿，冷不丁地问："我为什么除外？"

周荔春一口水差点喷出来。

果然见徐阳开始磨牙："说这话之前请要点儿脸好吗？何旭这个有女朋友的人不说，你要是存心想找还怕没人，就上回不还有个楚悦吗？"

"她不是。"邓柯也没说为什么不是。

周荔春吃了一口莴笋，旁边的人站了起来。

何旭拿起手机说："你们先吃，我去接个人。"

“接谁？”

徐阳插话：“我觉得是女朋友。”

何旭笑骂：“闭嘴吧，等下少说话。”

他出门不到十分钟，入口处的推拉门再次打开，他迈着长腿走进来，然后稍稍侧身让出了跟在他身后的女孩子，两人站在一起配一脸。

成伟树道：“真漂亮。”

“还用你说？”徐阳接过话，“成信的校花哎，光是微博粉丝都有五十七万。”

刘云溪今天穿了件雪纺吊带裙，一双长腿又白又细，踩着细跟凉鞋跟在何旭后面，走近了笑着和大家打招呼：“大家好啊，打扰了。”

“不会，不会。”

“美女来怎么能说是打扰呢。”

……

何旭跟祖宗似的回到座位懒洋洋地坐下，也没说找个凳子让女朋友坐，这让坐他旁边的周荔春有些尴尬。

她放下筷子，主动站起来：“你坐这儿吧。”

旁边的何旭抬头看了她一眼。

刘云溪冲周荔春和善地笑笑算是打了招呼，也没有落座，而是趴在何旭椅背那儿问：“你们冰球队还有女生？”

何旭回道：“后勤。”

简短地说明后，他又对着周荔春说：“你自己坐，她就来打声招呼。”

刘云溪神色变了变，随即恢复正常，笑得像一朵美丽的花儿，她对周荔春说：“没关系的，我正和朋友逛街呢，听说他在这附近所以来看看，等下就走了，朋友还在等我。”

周荔春觉得自己这样站着也挺傻了，想了想又坐了回去。

桌子上恢复热闹，周荔春没仔细听，低头回复宿舍群里的消息。

刘云溪趴在何旭的椅背上，娇声道：“我要吃那个。”

何旭：“自己夹。”

刘云溪：“不，要你喂。”

何旭：“还不走？不是说你朋友在等？”

刘云溪：“那也要你喂了再走。”

……

两人的声音很小，基本算是耳语了，无奈周荔春隔得太近，听了个一清二楚，还是很不自在。

恋爱这种事情，果然还是不适合她。

她有些时候会觉得自己活得很自我，母亲很小的时候就告诉过她，人无法决定自己的出生，可以贫穷，但得学会看得起自己。

所以从小到大，她的自卑从不走心。

往前数的十多年时间，她的世界很简单，所以即使在面对旁边何旭和刘云溪这腻腻歪歪，又生来都是天之骄子的人，顶多就是觉得恋爱这东西还挺奇妙的，有点好奇，也有一丝丝难言的小向往，觉得恋爱有时候也很美好。

但这情绪只如清风拂面般，不会长时间放在心上。

钱铮吃着吃着抬头，带着点脸红突然问她：“荔春，你会做手工吗？”

“会一点，怎么了？”

“我妹妹生日要到了，做个小东西送给她，想请你帮帮忙。”

周荔春笑：“没问题啊，包我身上。”

桌上只有李腾一个人在认真地吃着东西，徐阳不知道拉着成伟树在说什么，邓柯在打电话。

至于何旭，他到头来也没有妥协。

刘云溪灰着脸噘嘴，眼神闪烁了几下，忽然弯腰侧头一口亲在何旭的侧脸。何旭举着手机的手僵了僵，随即依然垂头无动于衷地继续刷着手机。

再次目睹了这样一幕的周荔春赶紧埋头，努力扒着饭碗里所剩无几的糊成一堆的东西，只恨不得把脸都埋进去。

显然也目睹了全过程的一桌子人此时表现出民间戏精的绝佳状态：徐阳的筷子滑了滑到底还是拿稳了；钱铮红了脸；成伟树张着嘴，在徐阳胳膊肘的一击之下赶紧闭上；李腾和邓柯熟视无睹地继续吃着饭……

大概也觉得这样尴尬了，刘云溪打了招呼要走，神情恹恹的，带着醒目的不愉快。

“何旭，送送啊。”徐阳站起来喊。

何旭这才站起来，看了一眼刘云溪说：“走吧，送你回去。”

两人一前一后地离开。

徐阳望着那一对璧人的背影，摇头感叹：“这个世界真是不公平了，人家校花都那么主动了，何旭这狗脾气……两人没分手真是见鬼了。”

成伟树也好奇道：“旭哥也不差啊，就是觉得校花好像有点镇不住他。而且他们是不是感情出问题了，好像三天两头在吵。”

徐阳一脸过来人的表情分析道：“何旭脾气不行，刘云溪也不见得有多好，不吵架才奇怪。这两个人啊，难说。”

“啊？”成伟树一脸惊讶。

徐阳拍了拍他的后背说：“别这么没见识的蠢样，青春正盛的俊男美女，分手和在一起多大点事儿啊。你先管管自己，邓柯前两天说的那个倒滑技巧练得怎么样？”

成伟树顿时萎了：“吃个饭能不这么扫兴吗？”

周荔春没有参与这个话题，徐阳的话让她心里乱乱的，但又不知道在乱些什么。

何旭出去后就再也没回来。

前期就是一些非常基础的练习，但是倒滑像是一个壁垒，让人难以越过去。

卡在一个瓶颈地方，怎么也过不去，很容易打压人的积极性，成伟树显然就处于这样的状态。

第二天练了一下午倒滑，成伟树丝毫没有进步，干脆脱了衣服坐在休息区发呆。

徐阳催了半天，火了：“能不能有点出息，就这么点毅力？起来练！”

“不练了！”成伟树负气道。

徐阳瞪眼："你再说一遍？"

成伟树有点尿，还是梗着脖子说："我说不练了！反正也练不好！本来就没人看好我们，练了也未必会有什么结果。"

徐阳挥手的动作像是要揍他，成伟树缩了缩脖子。

这边动静不小，钱铮、何旭他们围了过来。

徐阳咬着牙说："要不是看你这副白斩鸡样，爸爸早就揍你了知道吗？"

何旭走在最后面，上来拍了拍徐阳的肩膀道："胖子，你怎么到处想当人爸爸？之前不一直说是他哥吗？"

"还哥呢，有这么个弟弟我怕丢人。"

成伟树眼眶通红。

钱铮刚加入不久，安慰说："练习这东西得慢慢来嘛，我现在连前滑都还不怎么会呢？胖子，你也别急。"

"是我急吗？你看他，叽叽歪歪像个娘们儿。"

……

现场的气氛陷入一种谜之尴尬。

何旭往前走了两步，站到成伟树面前颇为认真地问了一句："真不想练？"

"旭哥，我……我不是……"

何旭表情不变："还记得我问过你为什么想加入冰球队吧？"

成伟树哽咽了一下，低下头："记得。"

何旭和徐阳对视了一眼，他们当时围观了这家伙在厕所被人围攻。

何旭继续说："记得就好，既然你要强大起来，为什么这么点小挫折就想要放弃呢？不过既然你决定了，我肯定不会阻拦。”

成伟树猛地抬头，慌了，一边哽咽一边说“我不是想退出……我……我就是练不好……然后一时……”

徐阳一脸恨铁不成钢，一巴掌拍他头顶上骂：“尿。”

邓柯这个时候突然出声道：“这个慢慢练，其实你的灵活性是我们当中最好的，有自己的优势。我可以先带着你练两天。”

“真的吗？”成伟树眼睛一亮，然后又转头看着何旭说，“旭哥……”

何旭一挑眉：“认清自己，好好练，别一天到晚给我找事儿。”

成伟树抽了抽鼻子大声道：“知道了！”

这样的摩擦三天两头就有，不过男生之间，脾气来得快去得也快，转头就忘。

国庆假前事情特别多，学生会新举办的面具舞会、新闻中心的琐事、冰球训练队的后勤事宜，周荔春觉得自己忙成了一个陀螺，但是心情倒是挺愉悦的。

难得有喘口气的时间，她接到新闻中心学姐任清的电话：“下午市教委的领导到我们学校开会，会议稿子就由你写吧，写了之后交给我，我拿给指导老师修改。”

余教授已经五十多岁了，很喜欢周荔春。新闻中心的事，周荔春都会认真对待。

“好。”

“对了，记得换身衣服，正式一点。”

“哦。”

这倒是让周荔春有些犯难。

宿舍里，于新瑶的桌子上化妆品一溜排开，她举着大化妆刷笑得无比开心奸诈：“四儿，你终于有落到我手里的一天了，姐姐今天就来给你个大改造。”

周荔春坐在凳子上，有些迟疑：“不化妆也没什么吧？”

“当然有什么。”曾月在一旁帮腔，“来的都是领导，化妆是对人基本的尊重懂吗？”

周荔春想想也有道理，闭着眼睛让两人摆弄。

取下眼镜，粉底打在脸上有些凉凉的感觉，于新瑶一边动手一边捏着她的下巴惊讶地说：“四儿，你平常戴着眼镜看不出来，你眼睛很漂亮啊，脸形好看，皮肤也好。我早就跟你说过，你平常要是化化妆什么的，妥妥一‘直男斩’晓得不。”

曾月在旁边点评：“没错，其实素颜也不差，皮肤状态太好了。”

周荔春眨了眨因为刷睫毛不太适应的眼睛，随口说：“可能是因为老家气候好吧，没C城这么干。”

她的外貌承袭母亲，不过，从小到大说她长得好看的人还真不多。

一番香粉胭脂的摆弄后，又借了娅沁的衬衣和黑色阔腿裤穿上，周荔春被推到镜子前。

镜子里的人额前梳下薄薄一层空气刘海，前两天刚修剪过的短发蓬松地贴着耳后。周荔春愣愣地站着，觉得镜子里的人熟悉又陌生。

于新瑶站在她旁边啧啧欣赏：“干练又不失少女感，其实四儿不戴眼镜会更好一点。”

“没错，眉清目秀的多好看。”曾月附和。

“我习惯了。”周荔春一边说，一边把眼镜架上鼻梁。

娅沁从阳台上走过来，看见周荔春愣了下，随即抬腕看表，疑惑道：“下午的会议是两点半开始吧？时间快到了。”

“我的天，完了！”周荔春抓着包就往外跑，没跑两步又回头，“月月，下午的大课记得帮我签到！”

“没问题。”

会议地点在教学楼一栋顶楼，周荔春跑到顶楼走廊的时候，撞见了钱铮。

“你怎么在这儿？”周荔春惊讶。

钱铮小声对她说：“何旭被领导叫进去了，邓柯他们让我来看看情况。”

“为什么？”

“好像是冰球队的事情。”

周荔春皱了皱眉，学校虽然批准成立了冰球队，但一直都不是支持的态度。

不过，最近大家都忙着练习也没人闹事，学校到底是什么意思？

会被强制解散吗？

想到这里，周荔春心里一惊，正踌躇该以什么理由进去看何旭是否需要帮助的时候，抬眼就见何旭推门走了出来。

看见面前两个神色紧张的人，他关门的动作一顿："你俩什么情况？"

他表情轻松，不像是遇到麻烦事的表情。

钱铮一向行事周全稳重，问他："学校是不是对我们冰球队有什么不满？"

"我们这么乖，有什么不满的。"何旭轻笑，抬手搭在钱铮肩膀上，意气风发的样子，"通知全队，教练下周一来学校，准备开始正式训练了。"

"教练？校长找你就为这事？"

"对啊，校长刚好和教练认识。"

周荔春闻言问了一句："就上回你说的那个退役国家运动员？"

何旭"嗯"了声，眼神略怪地又仔细看了她几眼，发现她今天居然化了妆！

平常素面朝天的人现在看起来亮眼不少，五官特点都被放大，用"惊艳"来形容也不为过。何旭意外地扬了扬眉，点点头评价："今天看起来不错。"

周荔春刚要脱口而出的"看来教练履历是真的"这句话瞬间哽在喉咙里，愣了愣，何旭已经转头和钱铮聊教练的事情去了。

她不自觉弯了弯嘴角。

被称赞总是开心的。她摸了摸自己短了一截的头发，不知怎的，突然想起刘云溪那一头棕黄柔顺的长发。

她很多年没留过长发了，都不知会是个什么样子。

惊觉自己脑回路都不知道弯到什么地方去了的时候，她听到走廊另一边有人叫自己。

是任清，她喊："周荔春，你干吗呢，要开始了！"

"马上！"

周荔春应答之后，回头和两人说："我先走了。"

钱铮看着周荔春离去的背影对何旭笑着说："你要是再不出来，她刚刚差一点就让我打电话把所有人叫来了。"

"为什么？"

"估计是以为学校要解散冰球队，怕你和校领导打起来吧。"

何旭回头再次看了看穿着正装的背影，挑眉："她倒是会脑补。"

周末，C城突然降温了。

夏末的气温一直热得人心里发慌，降下来还挺让人开心。天边层叠的云层，只有一缕橙色的光线从边缘探出头，看着像要下雨似的。

周荔春难得没去早读，窝在宿舍查资料。

曾月随手塞了一小半苹果到周荔春嘴里，一边啃着自己手里的一半苹果一边看着手机问："四儿，学校官网最近好几篇稿子都是你写的吧，怎么署名全都是别人啊？"

"都这样，新人嘛。"周荔春不怎么在意这个，"学到东西就好，而且这些稿子也确实是部长二次修改过的。"

曾月努努嘴，没再说什么。

放在电脑桌上的手机振动起来，是采访部另一个女生。

"喂。"

“荔春，你能不能帮我个忙？学校今天下午不是有场篮球赛吗，学姐让我去，但是我男朋友这星期从外地过来了，我现在还在外面呢，赶不过来。拜托你行不行？下周请你吃饭。”

周荔春心里叹气，话都让你说全了，她还能说什么？

只好应下。

她转了转椅子问宿舍一众少女：“下午学校有篮球赛，你们要去看吗？”

“有帅哥吗？”于新瑶问。

“不知道。”

“那不去。”

娅沁从对面床砸了个枕头过去：“你够了！”

中午，周荔春简单收拾了一下，带着三个舍友去了篮球场。于新瑶嘴上说着不去，但又嫌待在宿舍里无聊，还是跟着一起去了。

她们到的时候，发现篮球场人还不少。

“怎么这么多人，平常没见有这么多吧？”曾月咂舌。

周荔春解释：“这是年级赛，还有校篮球队的，人自然不少。”

她对校篮球队的印象并不太好，主要是因为上次在冰球训练场发生的事情。

她们找了个人不多的地方，周荔春一眼就认出了上回那几个男生，居然全部都在。

比赛还没有开始，人群中突然一阵骚乱。

“太……”于新瑶拖长的语气里充满了羡慕和嫉妒。周荔春顺着她的视线看过去，接下了她没说完的话：“骚气了吧。”

于新瑶惊讶地看她一眼：“四儿，我发现你现在越来越……”

“怎么了？”她不明所以。

“越来越……接地气了。”

那边何旭开着那辆特拉风的蓝色超跑一闪而过，一个完美摆尾停在篮球场的马路边。

几个舍友小声谈论起来：

“妈妈，我看到了有钱人的世界！”

“看到他副驾驶的人没有，刘云溪！我前两天翻她微博，人家的生活就是和小姐妹聚聚会做做指甲，周末还要专程飞到香港去购物。关键是男朋友又帅又有钱，人生赢家拯救过星球啊！”

“不过我听一成信的朋友说两人经常吵架，每次都是刘云溪求复合。”

“没什么奇怪吧，何旭那就是一少爷，脾气能好到哪儿去？”

“那我怎么听说是刘云溪作呢。”

“会作的女生才有人爱懂不懂？”

……

篮球比赛的主题被带偏，话题和注意力纷纷转移到浮夸出场的何旭身上。

浮夸的主角此时自带金光地下车，长腿一迈，朝这边走来，刘云溪紧走几步，挽着何旭的胳膊。

对于自己被立为最新主角，浮夸主角此时毫无自知，他走到几个穿篮球服的人身边一一和人击掌，看起来关系不错，大概是同系的同学。

何旭就读的工商管理，听说就是瞎报的，跟玩票一样，旷课迟到都是常事了。

“哎，那几个帅哥是谁啊？”曾月盯着那边，用肩膀捣了捣周荔春。

周荔春哭笑不得：“我怎么会知道？”

“你不是冰球队的吗？好歹该知道一点吧？”

“你真的想多了。”

周荔春把视线收回来。何旭那人其实不算好接近，他活得肆意，也不会有什么遮掩的情绪，护短得厉害，且看不上的人在他那里比空气还要透明。

比赛结束的时候，天上落了几点雨，连地面都还没来得及打湿又突然停了。

校篮球队发挥得并不好，结果也不怎么理想，周荔春采访了几位主要球员，回去查了许久的资料，才把宣传稿写好传送给学姐。

冰球队教练周一下午到，几个人姿势各异地站在训练场门外的空地上。

周荔春蹲在旁边听着英语刷题，一边时不时看看手机上的时间。何旭几个站着或坐着，徐阳前两天在冰场上把尾椎骨摔痛了，正撑着膝盖在活动。

钱铮凑近了问何旭：“你见过那个教练没？什么样的？”

何旭：“查过，不过私下里倒是没见着。”

徐阳突然转过头指着空地的另一边说：“你们看见那边那大叔没？在那儿起码待了十来分钟了吧？一直看着我们干什么？”

所有人看过去。

那边有些运动器材，有个头发微长的大叔在那儿，穿着褂子、裤衩、人字拖，一副胡子拉碴不修边幅的样子。他正撑在练腿力的器材上，发现他们看了过来，干脆停下来。

成伟树疑惑道：“他……他怎么朝我们走过来了？”

徐阳随口胡扯：“我觉得他的样子好像那部韩国电影里的变态啊。”

周荔春戴着耳机，就隐隐听见了“变态”两个字，抬头就看见何旭一脚轻轻踹在徐阳的屁股上，换来一声杀猪般的号叫。

何旭说：“你惨叫的样子更像变态。”

“何旭，你大爷的！”

邓柯抱着手，突然说：“他有点眼熟。”

说着话的工夫，人已经到了跟前。

一看就是冲着他们来的。

大叔嘴里居然还叼了根牙签儿，眯着眼睛在他们眼前一一晃过，叫出他们的名字：“何旭、邓柯、李腾……”

直到站在周荔春面前卡了壳。

她条件反射一般站起来，报出了自己的名字。

场面有些尴尬，谁也没有说话，还是何旭最先反应过来，他皱着眉试探了一句：“窦群？”

大叔点点头，不明所以地笑了声：“你们好啊，今天起，我就是你们的教练了。”

“我去！”徐阳脱口而出，往后退了一步。

他看向何旭，眼睛里明晃晃地写了几个字“快告诉我，我是不是瞎了”。

何旭也是一脸无语，这什么玩意儿？

窦群的履历上明明写着三十出头，但由于眼前这人脸上胡楂太浓，实在让人看不出年纪。几个少年站成一排，何旭很高，站在最边上，也站得最不像样子。

从叫出他们名字的时候，就能看出此人有备而来。

何旭给了邓柯一个眼神：“试试他？”

“怎么试？”

“你和他比一场？”

他们这边还嘀咕着，窦群背着手先开口：“冰球的基本常识我就不一一解释了，自己查，今天第一天见面训练就简单一点，先绕操场跑十五圈。”

徐阳抚着腰怪叫：“十五圈？你逗我呢？那都两个五千米开外了！”

“数学还挺好啊，那就二十圈。”

徐阳不敢说话了。

何旭冷眼看了一眼窦群，挥挥手带上其他人：“跑！”

气温很高，塑胶足球场上热浪袭人，基本上没有人。几个少年前后奔跑在操场上，顿时引起不少侧目。

跑了两圈不到，徐阳已经喘得不行了，成伟树脸也有些发白。

徐阳吐槽道：“这哪是教练啊？是专程来整我们的吧？”

邓柯说：“冰球原本就非常耗体力，体能训练是必要的。”

“他不会是想给我们一个下马威吧？”钱铮问。

“下马威？”何旭原本和大家并排，瞬间提速，“那得看他下不下得住了。”

五圈……七圈……八圈……

徐阳已经是挪的速度了，全队只有何旭和邓柯状态最好，然后就是钱铮。硬要比的话，何旭体能应该更胜一筹，到了现在也只是有些喘。

看着他们，徐阳喊：“你们到底是不是人啊？”

周荔春早早买好了矿泉水放在边上，看着跷着二郎腿躺在休息区椅子上的窦群，抿了抿唇主动靠了过去。

“教练，第一天就这么练，他们会受不了的吧？”

窦群从长椅上坐起来，看了眼操场，吹了声口哨喊：“提速！再慢吞吞就加量了啊！”

他喊完才回头看了一眼周荔春，又看了看天，说：“天不早了，你一个女生先回去休息吧。”

“那他们……”

“这群小子就得磨。”他伸手指了指跑在最前面的人，“尤其是那个，典型。”

是何旭。

夜色下的少年步伐很稳，不疾不徐，却一直跑在最前面。

周荔春问窦群：“您怎么会答应来华西做冰球队的教练？”

窦群笑:“这有什么奇怪的,我缺钱,有人给的聘金高,所以就来了呗。”

……

其实窦群还挺厉害的，一眼就看出何旭是这群人里最不服管教的，拿何旭开刀确实比一点点树立威信要快要强要有效。只是，何旭也是野马犟驴，要管住他要让他信服，估计不是那么容易的事。周荔春只觉太阳穴一阵抽搐，直觉将来的日子不会那么好过了。

她在旁边坐下：“那我也不先走了。”

“真不走？”

“不走。”

窦群笑了：“那行，坐着吧。”

事实上，最后并没有让所有人跑完二十圈，何旭和邓柯两个人跑完的时候，窦群就喊停了。

两个在终点挥汗如雨的人大口喘息着，弓身撑膝对视了一眼，同时在对方的眼中看到了一句未出口的脏话。

邓柯显然到极限了，能把他逼到眼神不善，何旭突然就没有那么生气了。

何旭直起腰，冲窦群淡淡地嘲笑了一声，充满了不服的挑衅。

窦群慢吞吞地站起来，踱过去，冲着一众站都站不直的队员拍拍手，强调：“你们真是弱出了我的想象啊！以后早中晚都会安排训练，不来或者迟到的人，我会让你们知道什么是真正的魔鬼式训练。接下来把队长定一下，都发表一下看法。”

何旭："邓柯，他实力最强。"

邓柯："何旭，冰球队到现在都是他一直在负责的。"

窦群晃晃腿，不满："你俩学人孔融让梨呢？"

他随手指着钱铮说："就他，我看不错。"

钱铮一脸蒙，完全不知道为什么突然指到自己。

何旭和邓柯都一脸淡漠。果然是专程找来虐待他们的，都决定了还问个屁啊。

钱铮在没有任何发言权的前提下被确定为队长，其他人也没什么意见，毕竟钱妈年纪最大，做事细心又周全。

临走前，窦群顺便提醒了何旭一句："既然冰球队之前的事情都是你负责，记得把道具补齐。"

他背着手，晃晃悠悠地就要离开。

临走前，他又丢下一句："明早六点十分集合，一个半小时的训练。"

一群人拖着腿往回走，徐阳哭丧着脸："我感觉我做了长达一个世纪的噩梦，我要回去好好睡一觉，说不定明天起来我就会发现自己正吃着炸鸡做美梦呢。"

"你现在就在做美梦。"钱铮打击他。

周荔春走在最后面，收拾了一下水瓶子什么的。

二十圈，是她想都不敢想的，对于体育课上跑八百米就能要掉半条命的人，这是不可能完成的任务。

但她能理解窦群的做法，任何一项体育运动，付出的努力和汗水都是无法统计的，日复一日的枯燥训练，不断重复的动作，增强体能，牺牲自由。

她知道体育竞技锻炼的除了人的体能，还有人的意志，一个优秀的运动员，一定也是一个意志坚定的人。

收拾完走到操场出口的时候，她发现有个人靠在门栏上。

是何旭，他长腿交叠，姿势放松。湿透的黑发凌乱地搭在前额，手机屏的荧光照在脸上，让那双眼睛现出深邃的冰蓝色，特别迷人。

握着矿泉水瓶，周荔春觉得自己有点儿迈不出脚，前头何旭的声音响起："干吗呢，这么半天？"

"我……捡了两个矿泉水瓶。"她晃了晃手上的瓶子，迟疑道，"你……在等我？"

"不然呢？"他站起来，"把你一个女生扔在后面？"

周荔春笑了笑，一股暖意从心脏处流出蔓延到四肢，队里的人照顾她也不是一天两天了。即使这么久了，她还是被人觉得柔弱。何旭看上去那么散漫轻佻的一个人，却习惯性地保持着内心的绅士和温暖。

第四章／我喜欢你，是我自己的事情

|W u F a Z u D a n g A o J i a o D e T a|

第二天下午，周荔春才进训练场就听到窦群在骂人，问了徐阳才知道是何旭给每人买了一双巨贵巨酷炫的冰刀鞋，可是其他用具都没买。

窦群今天穿了件马褂，头发还是乱糟糟的，一身从床上爬起来的样子，但是骂人的时候却精神焕发，他对着何旭吼："做事能不能靠谱点？护具呢？冰球棍呢？光买个酷炫的鞋顶屁用啊？"

何旭斜靠着，懒散地回一句："你是仇富？不都说了其他的在定做了嘛。"

"这是定做的事吗？是态度问题。"窦群话锋一转，"何旭，五十个俯卧撑准备！"

"又来这套。"

何旭一脸无所谓的样子，脱了外套扔到一边，趴下，开始做。

这点惩罚对他来说实在不算什么，事实上不只是他，大家多多少少对窦群都有些看法，毕竟他浑身上下没有一点看上去靠谱的。

这种同仇敌忾导致处处不配合的情绪，已经在队伍里蔓延了一天。

窦群并不着急，逮着空就训人。

他朝周荔春招招手：“丫头，来看着他。”

周荔春走过去，窦群转身去找其他人了。

“你其实可以顺着他一点。”周荔春在何旭面前蹲下。

何旭双手撑地，俯卧撑做得很快，少年脖颈上青筋暴起，胳膊肩胛随着动作隐现出结实有力的肌肉轮廓。

何旭长得是真好，她真情实感地感叹。

他和邓柯那种冰冷的帅气不同，同样不爱搭理人，但是他给人的感觉更傲，有资本有条件，尤其是挑着嘴角笑的时候，像只年轻高傲的狮子。

何旭一边上下起伏，一边抽空抬头看了她一眼。

“顺着他？”他像是听见了什么笑话，嗤笑，“我长这么大就没顺着过谁。”

得，周荔春知道自己说了句蠢话，何少爷就只有别人顺着他的份。

何旭又做了两个，突然问她：“我做了多少个了？”

“二十七个。”

“我怎么觉得有三十多个？”

“你想多了，我一直数着。”

何旭盯着周荔春的脸，舌尖抵了抵腮帮子，没再继续。

“周荔春。”他突然叫她名字。

“怎么了？”

何旭快速起身，捡起自己的衣服搭在肩膀上。

走之前，他居高临下地看着她，见她还眨巴着眼一脸不懂，敛眉不耐烦道：“不走？蹲地上捡蘑菇呢？”

周荔春愣了愣，才反应过来：“你还没做完呢。”

他头也没回，淡然道：“你数错了。”

当天傍晚，窦群带着队员去了C城的一家冰球场馆，他俨然是这里的常客，一路上不少人跟他打招呼。

他领着大伙儿直接去了仓库。

徐阳见着像垃圾一样被胡乱堆在角落的道具，眨了眨眼睛说：“这不会是要给我们用的吧？”

“怎么，你有意见？”

徐阳被二十圈折磨出了阴影，赶忙摇头：“没。”

窦群也没解释，只是说：“我不管你们在家里是公子还是少爷，到了我手底下就一个身份，我是教练，你们是队员。我让你们做什么，执行就行了。”

“凭什么？”何旭的眉眼里是锋芒毕露的不服。

“凭你们现在一无是处。”

这话说得毫不留情。瞧着何旭那按捺不住的样子，周荔春时刻准备冲出去阻止他可能出现的极端行为。

何旭倒是气极反笑：“你凭什么觉得我们一无是处？”

窦群背着手扭头朝他笑笑，招手让人找来场馆里几个训练的中学生，说：“怎么样？和人来一场？”

小萝卜头们像是认识窦群，一个个乖乖地站过来排成一排，全是半大的孩子，其中还有两个个子仅仅到何旭腋下，无一例外眼里放光望着前面几个大高个。

钱铮尴尬地挠头:“这有点欺负人吧？和小孩儿打怎么也说不过去。”

窦群耙了耙头发，负手笑：“话别说得太满，只要你们今天能赢，以后就可以不听我的。”

话都说到这里了，这简直是送分题啊！何旭和队员们对视几眼，彼此从对方的眼里看到几分得意，还不上那就是㞞了。

但是很快，他们的得意被打得七零八碎——

李腾冰上速度再快也架不住迅速耗光的体力；邓柯实力是有，但这是团体项目，几个小孩子围上来他就毫无发挥的空间；剩余几个没摔成一团已经很好了。

至于何旭，他能迅速看清场上的状况，发现利弊，但是那又如何？

“胖子！右边……我去！”

一场下来，惨不忍睹。

赢了的小萝卜头们欢呼着在冰场上四处滑行，之前志得意满的几个大高个表情各异，不过都像是斗败的公鸡。

窦群闲闲地走过来，说：“我知道你们看不惯我，老实说我也看不惯你们。就你们这样的，一没体能、二没技巧，更不懂得配合，还想一步登天？痴人说梦吧？”

“那你呢？”何旭突然问他，“你有多强？”

窦群迎着何旭挑衅的目光，看了他一眼。

“没必要告诉你，我的战场，从退役的那一刻起就已经不属于场上了。”

窦群眼中闪过一丝自嘲和遗憾，还未等众人看清，他又恢复了原本散漫的样子，说：“今天就到这儿，明天老地方集合。”

日落下的街角，带着一丝残阳映照下的昏黄，穿墙而过的橘黄色老猫，因为被翻倒的垃圾桶吓到，惊叫一声，快速窜过对面花店的玻璃窗，消失不见。

不远处站着何旭和邓柯，周荔春不知该进还是该退。

邓柯靠着墙，看着天说：“你还没认清现状吗？冰球队那就是一盘散沙，别说是和成信比，连一群小孩子都打不过。”

“你想说什么？”

“想说我们可以不用浪费时间。”

“邓柯。”何旭咬牙，侧脸的轮廓锋利，“别给我看这张无所谓的脸，不要忘了你也是冰球队的人。看不起现在的冰球队是吧，好啊，你退出。”

邓柯二话没说，直接掉头走了。

何旭望着他的背影气得眼尾发红，一脚踹在墙上：“见鬼！”

他冷着眼往周荔春的方向看了一眼说：“你还打算在那儿看多久？”

呃……早被发现了啊！周荔春讷讷地从墙角处走出来，把手里的饮料递过去，开始安慰：“你太冲动了。”

“用你教我？”他瞪她。

他当然知道自己冲动了，邓柯的加入本就不是主动，他说不定等退出已经等了很久了。

可他还是气得不轻！就是看不惯那张明明舍不得还要装无所谓的冰山脸。

仰头大口灌下饮料，冰冷的刺激感沿着口腔滑进胃里，降下了烈日过后带来的闷热烦躁，顺带清醒了被愤怒装满的头脑。

他低头去看眼前的人。

女生身高才到他肩膀，眼神清亮地迎着他，眉尾靠下处有颗不太起眼的小痣，短短的头发毛茸茸的，看起来就很好欺负的样子。

他把喝空的饮料罐子捏扁，说："刚刚没有针对你。"

"我知道。"周荔春抿唇点头。

她能明白他的压力，冰球队虽是打赌组建，但也着实投入了心血，可是一场比赛下来居然发现问题如此多，邓柯又是核心成员，他失去信心那整个团队也就失去了主心骨。

她想了想，还是说："那接下来打算怎么办？"

"叮——"

刘云溪的电话来得不合时宜，甚至刚好撞到了何旭糟糕透顶的情绪上。

"有事？"他接起电话的时候刻意往边上走了两步。

那边不知道说了什么，何旭瞬间不耐烦了，眉心拱起，语气很差："你什么意思？"

"到底是你那个破冰球重要还是我重要！"女孩子大声抱怨的那句话，刚好被周荔春听见了。

眼看战火升级，周荔春踌躇着是不是得避一避，可是直接走好像也不太合适。

她苦恼地捏捏耳朵，退了两步，靠墙站着。

果然，何旭火了："一天天的烦不烦？能不能好好说话？"

刘云溪估计态度也不好，何旭炸了，吼："分，彻底分！谁不分谁孙子！到时候别又回头来找我！"

他说完直接挂断，关机。

周荔春不知道现在该怎么处理，是去安慰还是求不被发现做个隐形人……

但是她猛然记起自己身上还带着被托付的使命，于是，她硬着头皮问："那个……钱铮的妹妹过两天生日了，邀请大家去他家，让我问问你。"

"知道了。"他说。

没说去，也没说不去，不过周荔春是没胆子再问了。

晚间的训练人不齐，何旭照常训练完，手机响了，一看是自家老头子。

一年到头也打不了两个电话的父子，关系从何旭回国开始就一直降到冰点，这通电话还是这么长时间以来第一通。

"爸。"

刚接起来那边就是一通质问："我听说你最近一直在弄那个什么破冰球队？回国了也不认真学习，你一天到晚到底是想干什么？"

钱铮他们都还在，何旭紧了紧牙，拿着手机出了训练场。

站在门口，他冷嗤："你打电话来就为了说这个？"

"怎么，作为你老子我是说不得你是吧？打冰球能有什么出路？你还非得让我亲自到学校去找你是吧？”

何旭一整天都糟糕到极点的情绪因为这通电话彻底引爆，他努力压住暴戾的情绪，冷笑：“那您可别来，耽误了您上千万的生意我不得上大街上要饭去？”

这是父子间的常态，说不了两句就得吵起来。

“你个混账东西，非要……”

“爸。”何旭开口打断他，一整天和邓柯吵完和刘云溪吵，现在还和老头吵。

心累得不行，吐出一口戾气，他干脆卖惨：“咱能别吵吗？从小到大我就这件事坚持得够久，我知道，在您眼里我大概就是一废物。”说着说着还真带了点情绪进去，深吸了口气，“行，废物就废物吧，现在想想我好像是挺废物的，您让我清静清静。”

电话那头静默了半天。

然后传来老头子一声冷哼：“少装，我还不知道你的德行。从小到大什么是你不敢做的，傲得快赶上开屏的公孔雀了。”

何旭脸色一僵，硬生生被自己亲爹给怼无语了。

最后，老头子发话：“我现在不说你，好自为之吧。”

“啪”的一声挂了电话，剩下何旭盯着黑了屏的手机，表情一言难尽。他刚把手机揣回兜里，抬头就看见两米外窦群抱着手站在那儿。

白天刚被他找了一群初中生实实在在教做了一回人，何旭现在看见他就生理性皱眉。

第二天训练前，窦群破天荒没上来就操练他们，而是把他们聚在一起灌起了鸡汤：“我知道面对打击的时候，每个人都需要时间去接受和认清自己。”

他提了把椅子过来坐下，说：“来来来，今天咱们唠唠嗑。”

大家都没什么兴致，随随便便分散站着，不知道他想搞什么。

窦群沉默了近半分钟，然后开口说了个故事——

十来年前，国内的冰球远不及其他竞技项目那么热门，但有的人在第一次穿上训练服、第一次握上球杆后，就打心底里迷上了它。

故事的主人天赋不算高，但是他真的喜欢这项运动，也拼了命地训练。从一开始的小比赛一路艰难地打进校队、省队、国家队。

辉煌的时候身披国旗，受万众瞩目。

但一个运动员的生涯也就那么几年，一批又一批新人涌了进来，故事的主角本可以在最辉煌的时候退役，但因为喜欢，他选择留下。

长期高强度训练加上年纪大了，身体机能已经不允许他这么高强度的训练，受伤、输球、被观众骂说他拖后腿，以至于最后黯然退场。

有人替他遗憾，若是在最辉煌的时候退下，江湖又是另一个说法和身份。

窦群讲得简略，简简单单将一个运动员的生涯以及残酷的现实摊开在了众人眼前。

大家听着听着，心不在焉的目光逐渐聚拢。

故事说完，窦群笑笑：“故事的主人并不是单指某个人，而是一种很普遍的现象。有些事情，你去坚持了也未必会有结果，但是你不去尝试，永远都不知道自己能走到什么位置。”

所有人都沉默。

过了半天，成伟树小声问：“那你说的那个人他最后后悔了吗？”

“没有。”窦群摇头，“只要是真正喜欢的，就算结局不那么好，也问心无愧此生无憾。”

这应该是窦群担任教练以来第一次这么认真和他们对话，所有人都心照不宣，窦群口中故事的主人公十有八九是他自己，但是没有人拆穿。

窦群看了一眼何旭，然后一一扫过众人，说：“说这个，是需要你们自己想清楚，不论别人眼中的你是什么样子，重要的是你怎么定位自己。这条路不容易，要不要坚持，选择权都在你们。”

邓柯眉头紧蹙，不知道在想什么。

何旭则颇为意外地看了一眼窦群，怀疑昨晚的那通电话他是不是全都听见了。

窦群深吸了口气站起来，伸了伸腰恢复了以往的懒散状态，赶蚊子似的挥挥手：“今天放你们一天假，好好想想吧，我得回去补个回笼觉。”

他转身出门，留下身后一行表情复杂的队员。

新一天的训练，邓柯没有来，何旭铁着脸拼命跑圈做体能，其他人不敢靠近更不敢问，周荔春不知道他是在气邓柯还是在气刘云溪的事，也不敢多问，默默做着自己的事。

常态的只有窦群，还是那副散漫随意的样子。

隔天是休息日，何旭回校的时候遇见了几个不太想碰见的人。

前面，几个笑得嚣张的高大男生都是成信冰球队的。

成信冰球队队长许川，是邓柯多年的死对头；几个队员当中还有个特别显眼的存在，叫谢胜，这个人人高马大，爱好逞凶斗狠。

谢胜见着孤身一人的何旭，首先挑起话头："呵，我当是谁，这不是何旭何少爷吗？"

何旭正烦着呢，眼神刀一般扫过去："叫你爷爷有事？"

谢胜觉得何旭这么猖狂，无非就是仗着有钱的爹妈。

他冷笑："听说邓柯退队了？嘁！他还算有自知之明，原本就是我们队长的手下败将，知道就算再比一次也还是如此！"

何旭皮笑肉不笑地盯着他，转了转手腕，掀着眼皮嗤笑："你是许川的狗吗？替他在这里吠？"

"你！"暴怒的谢胜被许川拉住。

许川人长得倒是一脸正气的样子，可惜功利心太重。

气氛僵持不下，校门口的人挺多，指指点点吵吵嚷嚷。

"本事都留到赛场上吧，嘴皮上的逞凶斗狠没啥用。"是熟悉的懒洋洋的声音，窦群。

何旭回头，看到来不及脱掉快递服的钱铮、穿着睡衣的李腾、一看就在网吧熬了通宵的徐阳和成伟树，跟在最后的，是施施然前来的邓柯。

不远处，是抱着手靠墙没个正行的窦群。

居然都来了。

十分钟不到把所有人集齐，估计就是窦群的杰作了。

许川一见邓柯，立刻笑了，那笑容傲慢又轻飘：“我还以为你不敢见我。”

“你脸真大！”徐阳怼他。

邓柯还是那副冷淡的样子：“我有没有退出冰球队，是我自己的事情，往大了说，那也是我们冰球队自己内部的事情，用不着你们指手画脚。”

“我只是想提醒你，离年底的比赛时间可剩下不多了。”许川凑得很近。

这明显带着挑衅的语气，瞬间让现场的气氛再次剑拔弩张。

“你们干什么？”远处传来一道清脆又匆忙的声音。

边蓝带着周荔春匆匆赶来，表情严肃：“你们干什么？要打架吗？”

“哪能啊。”徐阳连忙说，“边蓝老师，绝对没有，我们纯粹就是技术交流。”

他睁着眼睛说瞎话，顺便还朝着后面的周荔春挤眉弄眼，意思是：“怎么告状告到指导老师那里了。”

周荔春表示无辜，摊摊手，真的不关她的事。她当时正从余老师办公室出来呢，遇见风风火火的边蓝，边蓝拉着她就问：“怎么会和成信的冰球队打起来？”

她跟着边蓝过来，第一眼就看到站在华西队伍前的何旭。

他穿着T恤和破洞牛仔裤，戴着黑色鸭舌帽，脖子上挂着的是周荔春第一次见他时的那副蓝黑色耳机，漫不经心又倨傲不羁。

边蓝挡在两校队伍中间：“我不管你们之间有什么恩怨，不管是在校内还是校外，只要打架就是要受处罚的。”

对面的谢胜并不把边蓝放在眼里，冷笑：“我们还犯不着和这种连预选赛都不一定能进去的弱鸡队伍打架。”

何旭的眼神扫过去，带着寒意的狠戾：“呵，你再说一遍？”

谢胜僵了一瞬，嘴硬：“怎么了？说的就是你们。”

何旭以迅雷不及掩耳之势伸手就拎住了他的衣领口，场面顿时大乱，双方队伍都拥上前去。

周荔春离何旭还算近，第一时间就挡在何旭前面。她身高不高，被两边人高马大的男生们挤在中间，简直就是遮天蔽日一般的效果，慌乱间只感觉自己的眼镜被挤掉了，唯独一开始抓着何旭袖子的那只手一直没有松开。

不管被推搡得有多厉害，周荔春只知道手里拽着的绝不能松开，她憋着气闭着眼拼了命拉着何旭要离开那个中心。

直到将人拖出人群，何旭才发现一直扯着自己的人是谁，见周荔春那狼狈又紧张的样子，黑眸一沉，转身朝还互相推搡的那一团吼：“都住手！”

双方并没有打起来，校规大家都懂，只是少年热血地互相撑着己方的士气。

边蓝急死了，拼命将自己学校这边的学生拉开，却被一个大胡子男人拖住了手腕。

她惊疑地望着他：“你是谁？”

“你别管。”窦群开口，“让他们自己解决。没有团队意识，一盘散沙不知道目标是什么，还打什么冰球？”

边蓝一愣，看看那边早已站在统一阵线的几个少年，迟疑：“你就是新来的那个教练？”

窦群摸了摸下巴，看着那边的情况笑得高深莫测，一边回边蓝：“你好，我是窦群。”

群架肯定是没有打成，徐阳还在气头上，看着成信的人离开的方向恨恨道：“刚刚就不该叫停，揍不死他们。”

何旭白了他一眼：“动动脑子，真动了手，冰球队还能继续存在？”

徐阳心想：兄弟，不是你先动手的吗？

一场突如其来的冲突，好像一下子化解了这两天弥漫在冰球队里的低潮气氛。谁也没有提邓柯这两天没来训练的事情，沉默着就让这件事悄无声息地过去。

而成信的挑衅，则像一把利剑直戳每个人的内心。

他们实力的确远远不够。体育竞技没有捷径，日复一日的训练是基础，技巧是基础上开出的花。

他们本来就起步太晚，如果还不团结，还不拧成一股绳，就真的只是少年赌约一笑而过了。

钱铮问：“我们现在做什么？”

“训练。”李腾丢下这句话，率先走在了前面。

徐阳还沉浸在刚刚被挑衅的气愤里，握着拳嚷嚷：“没错！成信的人太嚣张了，到时候练好了削死他们！”

成伟树从地上捡起一副已经结满“蜘蛛网”的眼镜，问：“谁眼镜掉了？”

“我的。”周荔春举手。她还在努力平息方才的激动，所幸双方没有打起来。

“已经坏了……”

周荔春不甚在意地笑：“等会儿我出去配一副就好了，你先走吧。”

她从成伟树的手里接过已经碎掉的眼镜，虽然知道这段时间兼职赚来的那点钱怕是又要花出去了，但她是真的替他们松了口气。

“我陪你去吧。”成伟树小声说。

两米开外突然走来一人，何旭敛着眉喊：“成伟树，你磨磨蹭蹭干什么呢？”

“旭……旭哥。”

何旭刚和窦群达成共识，他们配合训练，前提是窦群要毫无保留。窦群笑得像只老狐狸，似乎知道他们早晚有这么一天，这让何旭颇有些不爽。

“回去训练！”何旭说。

“哦。”

成伟树一步三回头，但是根本不敢反驳他。

何旭看着他那副样子就来气，一脚虚虚地踹过去：“去啊。”

“马上！马上！”成伟树红着脸跟周荔春打了个招呼，赶紧滚去和队友会合了。

因为矮小瘦弱，成伟树很容易招人欺负，是何旭和胖子意外撞见后把他从厕所里救出来，所以成伟树崇拜何旭的同时也有些畏惧何旭。但是现在成伟树的脸上有越来越多的笑容，也渐渐地敢发表自己的意见而不是缩在一角了。

何旭低头去看仔细查看自己眼镜的女孩，自从她进了冰球队，后勤方面从来没有出过差错，安排训练时间表、道具整理、物资补充等等，她很细心也很用心，他都有点儿庆幸当时留下她了。不过，她知道成伟树的心意吗？

何旭清了清嗓子，问："你看没看出来成伟树那小子……"

"什么？"

"没什么。"他啧了声，料她压根没往那方面想。

他都替成伟树累得慌，就他那追求法，等到八百年后也未必会有结果。算了，他也不喜欢多管闲事。

他看到她手上的东西，皱皱眉："走吧。"

"去哪儿？"

周荔春都不知道为什么，回过神来的时候，已经跟着何旭站在了校外的一家眼镜店门口。

这个人向来蛮横霸道，他决定了的事，估计也不会给她反驳的机会。

老板是个四十多岁的男人。

"想配个什么样的？"

周荔春拿着手上被踩碎的那个递过去："样式和这个差不多就行。"

何旭靠在柜台前，食指敲了敲玻璃面开口：“给她配副隐形的。”

“不用。”周荔春立马摆手，“我戴不惯那个。”

“那就一样一副。”

老板闻言连忙笑着游说：“同学，你就听你男朋友的。这么一双漂亮的眼睛，镜框眼镜戴久了可是会变形的。”

男朋友？这误会大了。周荔春内心嗷了声，连忙解释：“他不是……那个……”

何旭看着她一脸急于澄清的表情，冷呵了一声。这种感觉倒是新鲜，他不爱灰姑娘朴素无华心灵却美的那一套，在他看来，一个连自己外表也不注意和修饰的女生，自然也不会得到其他人的注意。

不过她那副急于撇清的样子，还真是让人不爽。

他耐心见底，打断她：“就按我说的配。”

“行，行！”老板心领神会，赶紧行动。

周荔春瞄了一眼老板从柜台里取出的物品的单价，心在滴血。

“去麦当劳打打工吧。”她真诚地建议。

“干什么？”

“体会体会人间疾苦。”

他抿着唇，顺手接过老板递来的眼镜，抬手就架在她的鼻梁上。

周荔春差点跳起来，被何旭斜了一眼：“别动！”

她僵在原地，那一瞬间感觉自己手脚都不会动了。两人之间隔得有些近，何旭微微偏着头，周荔春能明显察觉到他指关节不小心触到自己脸颊的温度。

“你脸红什么？”何旭站直，打量了她两眼，奇怪道。

周荔春双手捂着脸急退一步，尴尬道：“没什么，天气有点热。”

发现他视线转开的时候，周荔春长松了口气。

跟着金主出来，抢着埋单这种事是打金主脸的，这个周荔春懂，所以当何旭埋单的时候，她也没吭一声。直到出了门，她快走两步赶上：“钱我明天给你。”

“不用了，本来就是赔给你的。”他无所谓的样子，补充，“你的眼镜是我踩碎的。”

“那隐形眼镜呢？”

“奖励呀！你那么英勇地救护了我，不该奖励吗？”何旭停住脚，嘶了声，弯下腰直视她的眼睛，“看不出来呀，你今天跑上来拽我的时候，力气蛮大嘛。”

被一双放大的幽深的眼认真看着，周荔春在里面看见小小的自己，怔了怔，继而尴尬脸红。

“我……我当时一着急就……”

“一着急就死抓着我不放？怕我触犯校规被开除？这么担心我？”何旭说着说着，勾起一侧嘴角，那笑容又戏谑又讨厌。

周荔春想一巴掌抽他脸上，恼得转身就走。

当时那种情况她哪还顾得了那么多，本能地就扑过去了，就是担心他打到别人或被人打到，也担心事情闹大他会被处分……

现在看来，唔，好像也确实想了很多。

何旭好笑地看着默默走在他前面的女生，他见过她绷着脸和人力争，也见过她人不大但是总冲在前头的时候，还有……因为一两句靠近的话就结结巴巴脸红的样子。

他慢悠悠地跟在她后面，看着前面的人染红的耳尖，莫名地心情变好了点。

冰球队的训练总算是正式步入正轨，窦群的训练有自己的一套方法，虽然每回都被操练得想要骂娘，但是大家一边骂他，一边训练得更加起劲。

共轭练习，冰鞋和腰部负重。

规定滑行距离，以规定的步数滑完规定的距离。

橡皮拉力牵引练习，一端固定界墙，一端固定腰部……

他们刚被成信的人鄙视了，心里都憋了口气，直到后来开始练习冰球攻区阻截的基础练习，徐阳最先顶不住。

攻区阻截训练对技能和体力要求相当高。

每个人的位置都要一对一练习，先从徒手开始，然后到如何持球杆再到人与人的身体接触。然后开始练习二对一，三对一，一直到五对零。

徐阳频频失误，躺在地上哀号："要了老命了。"

窦群踹他："打铁还需自身硬，在成信冰球队面前你们不挺能嘛，之前教训成伟树的时候还一套一套的，现在就开始受不了了？"

徐阳装死，伸出一根手指说："我聋了，让我躺十分钟。"

站在另一边的钱铮他们同样大喘气。

钱铮担心地看了徐阳一眼，问邓柯："这样下去能行吗？"

邓柯说：“他主要还是体力方面，技术上面明显比之前好了很多，只要他自己不一口气泄下去，问题不会太大。”

“这问题你们放心。”何旭从休息区拿了水过来扔给他们一人一瓶，靠在墙上看着成伟树跑去拉徐阳笑着说，“他也就嘴上抱怨，最近每天训练到晚上十一点多。”

钱铮惊讶：“这么拼？”

话刚落，果然就看见那边搭着成伟树的胳膊从地上站起来的徐阳，转头就对着窦群说：“爸爸是那么轻易认输的人吗？”然后朝成伟树招手，“来，跟哥继续练。”

成伟树一脸苦相：“哥，现在本来就是休息时间呢。”

……

滑行、提高步伐频率、传接球技术，窦群一项一项让他们逐一练习和接触。他还是那副模样，交代了练习任务，自己就躺在一边睡大觉，特别是周荔春在现场的时候。

“丫头，谁偷懒就告诉我。”

“别怕，谁慢了就抽他。”

“看紧何旭那小子，就他一天天只会抬杠。”

周荔春觉得自己都快要成为助教了，不过看着少年们挥汗如雨，嬉笑打闹，和窦群之间逐渐默契，但又忍不住处处在口头上和他过不去，她觉得这样的状态还是挺充实的。

当然，窦群骂他们的时候也没留过情，尤其是对何旭。

“你还真以为自己多有天赋啊，看看自己刚刚打的那一球，跟狗屎差不多！”

“何旭加量！”

“再重复练习二十遍！”

何旭的抗压能力也不是一般的强，越是被逼到极限，越是触底反弹。他自身身体素质好，也跟他以前参与过的极限运动经历相关。

正是因为窦群的要求，周荔春在冰球队的时间基本上都用来盯何旭了。

何旭常常不满：“这么听话，他给你开工资了？”

她堵他：“没啊，好学生听话不很正常吗？”

何旭气得不轻。

其实他哪用得着人盯着，训练从来没有落下过，只有加倍的份儿。

周荔春后来才知道何旭也是参加了招生考的，这意味着能进华西的他绝不是个学渣。

不过偶尔看着他照常练习和队友闹，周荔春也会疑惑，这是分手的人的状态？

她不敢问，但是不怕死的徐阳有次八卦地问他分手的感想。

他无所谓的样子：“分个手而已，分了又不是一回两回，又不要人命。”

“意思是还会复合喽。”

何旭默了一瞬间，皱着眉吐了一句：“不会，我们理念不同，累得慌。”

徐阳跟着沉默，应该是知道他说的是什么意思。最后为打破这个气氛，徐阳转头吐槽他：“说到底，你丫就是个没心没肺的，迟早有一天栽沟里。”

……

周荔春在旁边听见了，装作不知道。至于上次在眼镜店，周荔春在面对何旭时那点奇怪的心绪波动，随着她被磨平的精力，只是偶尔间想起来的时候，才会在心里打个激灵。

他们每日训练的时间越来越长，仅仅两周，周荔春就发现队内的物资消耗比平常起码增加了一倍不止。

冰球这项运动本来就很烧钱，之前日常的开销就一直是何旭他们自己合资。

前两天边蓝老师那边和学校进行沟通，替他们争取到了五万的公费，说是替换窦群之前给他们找来的那批装备。

窦群嘴上没说，但大家知道他肯定是出力了的。

李腾每回穿上那套二手旧护盔就要嫌弃一遍，听到这个消息总算是好点了，说：“我还以为我这几年要一直穿这个。”

窦群瞪眼：“这哪不能用了？谁说拿冠军必须得有好装备？我看你们就是惯的。”

虽然这样说着，但是这事总算提上日程。

周荔春本来就要购买毛巾等物资，所以这笔钱干脆交到了她手上让她保管和使用。

她进了队就是管理日常开销，还没有经手过这么大笔钱，仔细询问过每个人的尺寸，然后才下的订单。

但完全没想到会出问题，那个店老板卷款八十多万跑路了，她得到消息时都蒙了。

她不敢惊动其他人，着急忙慌地去报了警，在派出所等着。

警察也无可奈何：“我们这两天接了不少报警电话，那个老板欠了很多钱，你这笔钱能不能追回，还需要等消息。”

周荔春脸色苍白，一句等消息意味着希望很渺茫。

那可是五万，不是五千，而且还是学校的公费。

下午照常训练时，何旭发现周荔春不在，问钱铮：“周荔春呢？”

“没来吧。”钱铮说，“我中午还在宿舍楼那边看见她了，叫她也没应，匆匆忙忙的，脸色也不太好。”

李腾接了一句：“是有点奇怪，她以往有事都会说一声的。”

何旭看了看平常周荔春最常待的那个区域，不自觉皱了皱眉。

周荔春在电话里简单地和边蓝说了一下情况，也没等她那边出什么结果就出了学校。她站在自动取款机前，看着卡上仅剩的一万三，全部取了出来。

但还是远远不够。

从知道出事到现在，她脑子都有些空，沉着心情回到冰球队的时候发现所有人都没有训练。她一进门，所有人都看过来。

何旭朝她招手：“过来。”

周荔春心思不在这上面，闻言直接走过去了。

何旭看了看她挎在身上的包，再看看她白得不正常的脸色，眯着眼睛问了一句：“取钱了？”

周荔春心里“咚”的一声，抬头看他，才发现他脸色不太好。

何旭什么话也没说，直接拿着手里的手套拍在她的脑袋上，疼得她“嘶”了一声。

钱铮接过话道：“荔春，我们都知道了。出了这种事怎么不和我们商量一下？我们一起想办法不比你一个人强啊？”

周荔春抓了抓腰上的包，抿着嘴角艰难道：“这件事情是我没有仔细选择购买方，因为是同学介绍，对方开始说打八折，我看比其他店铺便宜才下的单。这件事……我该负全责。”

李腾直接说：“不就五万块钱，我可以帮忙出。”

周荔春垂下眼帘，果然，她就猜到会这样。

没第一时间告诉他们，就是怕这样，几万块钱对李腾他们这样的家庭来说或许不是什么大问题，但是……

周荔春还没说话，成伟树就接了一句：“这种事怎么能让你一个人出？”

徐阳也道：“对啊对啊，风头都让你抢尽了，钱多了不起啊。”

李腾白了他一眼。

事情莫名其妙就变得有点喜感，周荔春无言地看着他们，知道他们其实是不想让她有压力。就在这个时候，窦群打来电话，说和边蓝一起已经找过学校了。

窦群的原话是，“钱本来就是拨给冰球队的，学校不要求填补空缺，要我说，就你们现在这水平就别那么多要求，能将就就将就吧。”

被窦群逮着空损了一顿。

钱铮失笑：“这不挺好，学校本来一开始也不看好我们，就当没有拿到公费这回事呗。”

周荔春皱眉：“可是你们那个装备更换……”

“换可以换。”邓柯开了口，“就平摊吧，每人出自己那份就行。”

所有人都点头表示同意，周荔春刚想拿出自己取的钱，就对上了何旭看过来的视线。

他哼笑了声说：“想出钱？”

周荔春讷讷道：“我可以拿……”

“你当然得出。”何旭开口说，“虽然是我们更换装备，但你这次办事不力，就罚你出一人份的钱拿来充公，有意见没？”

周荔春愣了愣，看了看何旭，然后发现所有人都笑看着她。

她眼眶微红，压了一天的心情因为他们突然松了下来，认真地说了句：“谢谢你们。”

徐阳无所谓地摆摆手道：“这个有什么？咱们是一个团队，后面好好打，等将来有一天打出圈了，有的是让学校求着给咱们砸钱的机会是不是！”

何旭笑，拍了拍徐阳的肩：“志向不错，记得一直保持。”

邓柯跟上：“志向不错，记得一直保持。”

李腾：“志向不错，记得一直保持。”

……

后来那批装备还是由周荔春购买的，钱铮说：“上次的事情就是个意外，你这个后勤究竟有多称职我们可都看在眼里，没有你，队内日常估计没眼看。”

何旭路过，拍在她的头顶。

“总的来说功大于过，好好干，前途无量。”

周荔春斜看了他一眼暗道：学分修满吗？

她皱皱鼻子，看着何旭的背影说：“放心，下次绝对不买打折款了。”

何旭背对着挥了下手：“下次要是还在外面吃这种亏，就把你卖了填补亏空。”

徐阳丢给他头盔骂：“会不会说话，把你卖了差不多！”

周荔春和钱铮互看了一眼笑了笑，这件事情总算是平稳度过。周荔春觉得自己又深一步融入了这个团队，更加了解也彼此信任。

下了晚自习，周荔春接到钱铮给她的电话。

“我们聚会呢，来不来？”

“我就不去了吧，这么晚。”

“来吧，八点算什么晚，刚好珠珠说想你了。”

珠珠就是钱铮的妹妹，她上次过生日的时候，全队人都去了钱铮家为她庆祝。小女孩长得特别可爱，就是智力迟缓，也没有上学。

当时钱铮去煮饭了，大家问珠珠有什么愿望。

珠珠想了半天，说得缓慢艰难，但是又很认真：“想学会自己照顾自己，希望哥哥不那么辛苦。”

珠珠的笑容特别纯真可爱，像朵骄阳下的向日葵。

又心疼又心酸的一众人都不说话了，随后发现钱铮站在门口，眼眶憋红。

让钱铮做队长，其实窦群的眼睛挺毒的。少年宽厚的肩膀早早承担起家庭的重担，他和一向稳定的邓柯、李腾以及锋芒初露的何旭都不同，他周全、质朴，且勤奋努力。

这些品质放在冰球场，假以时日，他一定也是非常优秀的存在。

可是，周荔春实在有些累，努力想找什么更好的理由推拒，听到电话那边徐阳的嚷嚷声："旭哥，有人说昨天在校门口看见成信校花拦你了，是不是真的？"

周荔春眉心一跳。

何旭模模糊糊的声音传来："闭嘴，喝你的酒吧。"

周荔春想了想说："那好啊，你们在哪儿？"

二十分钟之后，她进了饭店包厢，才发现人还挺多，没想到窦群和边蓝也在。

然后，她一眼瞧见坐在边上的何旭。

何旭一直垂头看手机里的球赛，没有注意到她。

"荔春，坐这儿。"边蓝招呼她过去。

周荔春走过去，摸了摸旁边低头吃饭的珠珠的头发，柔顺的、软软的，小姑娘仰头冲她一笑，唇边沾着几颗饭粒。

边蓝给她递碗筷，顺便问："运动会刚过，你这两天应该很忙吧？"

“还好。”

“你们系那个余教授天天在办公室夸你，说你是他近几年带过的最省心的学生了。天赋好，有理想，又肯吃苦努力。”

周荔春不好意思地笑了笑：“余教授人很好。”

徐阳抬头看到她，兴奋地说：“小春春，你这么优秀，要不要考虑做体坛记者，说不定将来毕业我们当中有人专业打冰球，也算同一领域啊。”

“啊？”她哪里想得了那么多，光是学业这些事情就够她忙的了，至于职业规划什么的，还是趁现在打好基础吧。

窦群一包纸巾砸过去：“就你话多。”

周荔春笑，“未来”这个词对现在的他们来说有些遥远。钱铮说了句：“记者算是高危职业了吧，上次我还看到一美女体记在报道的时候，被一个运动员强吻了一口。”

徐阳立马道：“那小春春还是别去了。”

“你们够了。”话题偏成这样，周荔春哭笑不得。

那边，何旭在和李腾商量：“你最大的优势是速度快，不过成信那边周奇应该也不差，最好还是找机会探探底。”

“他们下周就有比赛，我们可以去看看。”邓柯说。

何旭点头，表示赞同。

周荔春听了几句，知道他们是在研究成信冰球队。

她一边照顾着珠珠吃东西，一边匆匆瞥了一眼何旭。

他正和钱铮他们说笑，眼睛黑亮，可是一转瞬朝她看过来，四目对视，周荔春被吓了一跳，失手打翻了饮料杯。

何旭眉毛一挑。

“我去趟卫生间。”周荔春羞囧得脸色通红，低着头匆匆站起来。

她进了卫生间，打开冷水，洗了一把脸，脑子里轰轰一团乱。

她抬头看着镜子里的人，女孩凌乱的刘海有几缕湿哒哒地贴在脸上，顶多也就皮肤白了一点，眼睛也还算大，也没有多么让人惊艳的漂亮。

周荔春心里乱糟糟的。

她发现自己最近对何旭的事情变得很敏感，即使在很多人的场合，也能单独分辨出他的声音，第一时间看见他的身影。

她深深吸气想努力说服自己，说不定是因为待在一起的时间突然变多，受了影响。

许久，平复好心情，她低着头走了出去。

“看路。”头顶传来声音。

周荔春差点撞上面前的人，堪堪停住脚步。何旭歪斜着靠在墙上，皱着眉，说：“大晚上你梦游呢，失魂落魄的？”

“要你管！”正因这个人心绪不宁呢，这就撞上来了！周荔春冲口而出堵他，随后心虚地闪了闪眼睛。

何旭黑了脸，微微往前逼近了半步，黑眸里酝着危险：“周荔春，你今天吃错药了？”他很少叫她的名字，一般情况不是嘲讽就是生气的时候才这样叫她。

周荔春抬头看他一眼。

他们隔得太近，和上回在眼镜店差不多。

何旭皮肤比一般女孩子还要好，不算是细白的那种，但是很光滑，连毛孔都不怎么看得见。

咚咚咚……是她的心跳声。

周荔春心想，完了。

脑子里走马观花想起之前的一些事情，训练场上的，私下的。那些关于何旭的画面，一帧一画，无比清晰。

这个想法一出，周荔春先把自己给吓了一跳。

她往前的人生基本都是在学习当中度过的，也没什么异性朋友，恋爱经验更是为零。她长这么大，一路埋头苦读，她之前把那种总是把目光放在一个人身上的行为，归咎成本能。

何旭原本就是太阳，身上光环无数，会注意到他，关注他，本就是常事。

她一向认为自己是挺冷静的那种人，直到最近，她似乎有些失控。

一想到这个，她看何旭的眼神就不对了。

她不知道自己是什么表情，但是何旭像是误会了什么似的，他问："你不会真的被钱铮那句话给吓住了吧？"

钱铮哪句话？

周荔春回忆了一下，想起来钱铮好像说了句体坛美女记者被运动员强吻的事。关键是那个时候他不是在和人讨论比赛吗？原来也听见了。

这都什么跟什么呀。

"没有。"她没什么精神地解释了一句。

何旭眼神微妙地望了她一眼："你放心，就你这资质，放哪一块都不用担心这种问题。"白生生一张脸，强吻她，像欺负小孩。

周荔春则开始怀疑人生。

她是不是理解错了？她怎么可能会为这种人心动？

会不会是因为她接触的男孩子不多，所以在对方靠近的时候才会这么紧张？但是平常训练什么的，她又不是只和他一个人靠得近，为什么偏偏只对着他的时候，才会有感觉？

周荔春情绪不高，聚餐结束已经快要十点了。

何旭不住校，窦群送边蓝回学校，周荔春和李腾几个人一路返回。

夜色正浓，周荔春盯着路边的花坛出神。

有人说："听说最近有个小少爷在追刘云溪，车子都开到成信女生宿舍楼底下了。我都没敢告诉何旭。"

"有什么不能说的，是何旭不愿意复合好吗？而且小少爷又怎么样？何旭就算是另找一个，也不会比刘云溪差。"

"说的也是。"

对啊，连刘云溪那样的校花都被甩了，什么样的人才会入他的眼？

但不论是什么人，那个人，绝对不会是她周荔春这样的。

她在南方的一个普普通通的街巷里长大，不是什么天才，只是比别人更努力。尽力考上了华西，也需要付出比别人更多才能维持不被人赶超。

读了喜欢的专业，有努力的方向，人生也一步步走得更好。

但唯独在何旭这种骄傲的人面前，那种阅历和成长环境所拉开的巨大差距，才会变得如此明显。她想，进了冰球队，和这群少年待在一起，也是她不断督促自己不停往前的一个原因和动力。

周荔春花了比平常多的时间理清楚了自己的心态，就算真有好感又如何，她又没有犯罪。她不会开口，也不奢求回应。

不过让周荔春没有想到的是，喜欢，有时候是件藏不住的事情。

越是想要转移注意力，就越是会不自觉地在意。

没过两天，她居然接到何旭的电话。

她当时刚下课，看到手机屏幕跳出的名字时，差点没把手机扔出去。

“四儿，你干吗呢？”曾月也被她的反应吓了一跳。

这节是大课，周荔春捂住手机说：“没什么。”

她迟疑了两秒，还是接起来，捂住听筒，小声道：“喂。”

“两天不来，也不请假，周荔春，你学分是不想要了吧？”这是接通后，何旭的第一句话。光是听着那副懒散的语气，周荔春都能想象他此刻的神情。

“我明明和队长说了啊。”她说。

“你是我招进来的，请假这种事得经过我同意才行。”

简直是蛮不讲理，周荔春没有办法，干脆说：“那行，我现在跟你请假，我最近要备战期中考，暂时就不过去了。”

“不行。”他直接回绝，“你不来那些杂七杂八的事情鬼做？”

其实哪有那么多事情，无非就是整理整理道具，安排一下训练时间……平常大多事情他们男生都自己顺手解决了。

“可我……”

“要复习把资料带过来。”

他说完就直接挂了电话。

周荔春对着黑下来的手机屏幕，无语地翻了个白眼，同时在内心长叹一口气，看来逃避是没有用的。

她想就这样吧，维持着这样的关系，起码表面上他们是同一个团队里的人。何旭虽然嘴巴够损，有时候也蛮横，但多数时候他其实还算个好人，会站出来对别人说：“她是冰球队的后勤，你有意见？”会在训练到很晚的时候，在足球场门外等她一起……

现在想起来，很多很多这样的时候，他其实都算对她不错，把她划为了自己人。

另一边的何旭挂了电话，钱铮问：“怎么样？”

“放心，没什么事，她明天会来的。”

“那就好，她那天突然和我请假，也不说原因，我还一直担心她会出什么事情呢。”

何旭收了手机，拍拍他的肩膀。

“多担心担心你自己吧。”

“我怎么了？”

“窦群不是找了最近刚输在成信手底下的那个大学吗？让我们试试水。”

“啊？那完了。”

训练日渐紧密，转眼已经是秋季，林荫道上铺满了飘落的黄叶，踩上去发出沙沙的声响。周荔春穿了件米白色的针织薄毛衣，她的头发长长了一截，也没有时间去修剪。

她还是如约去了训练场。

结果一进去发现所有人和她过的完全不是一个季节，她一眼就发现了何旭。

他和邓柯在练习拉力牵引，一遍一遍重复，每一个动作都力争完美。

邓柯原本也属于勤练的那种人，平常话不多，只要上了场，宁愿在冰场上泡一天。

成伟树拿着头盔路过，笑着和周荔春打招呼。

周荔春笑着点点头回应，准备去找窦群。

路过何旭和邓柯的时候，发现何旭眼神颇为奇怪而微妙地看了自己一眼，周荔春心里毛毛的，一眼瞪了回去。

邓柯问何旭：“你得罪她了？”

何旭莫名其妙无故躺枪，一用力，结实的臂膀上块状肌肉拱起，他没好气道：“鬼知道！”

他不知道是哪里惹了她，三番五次对他没有好脸色，他也没那个耐心去问。

窦群接洽好的比赛，就在本周五。

消息已经放出去了，有邓柯和何旭这两块活招牌，不少女生都会去看。连周荔春宿舍的舍友也表示想要去凑凑热闹。

周五一大早，就有人说何旭开着他那辆骚包跑车进了学校。

周荔春在休息室里给队员们发预备品，一众人坐在长条凳上休息，成伟树一会儿原地弹跳一会儿快速短冲刺，一个人忙个不停。

“成伟树，你跳什么？”何旭不耐烦地问。

“紧张。”

钱铮给大家鼓劲：“我们这段时间也不是白练的啊，大家正常发挥就好了，不要有太大心理压力。”

周荔春递给何旭一瓶水。

他接过的同时看了她一眼，周荔春硬着头皮说：“加油。”

他呵了声，话一转：“水里没下药吧？”

下什么药？周荔春脑子都还没有反应过来，就听他慢悠悠地说：“你这两天一句话不说，我以为你想毒死我呢？”

周荔春心想：现在下药还来得及吗？

比赛还没开始，观战台上就已经站了不少人，周荔春老远就见着曾月几个人在朝着自己挥手，而就在他们不远处的地方，站着楚悦。

楚悦是学校舞蹈队的队长，周荔春知道她的视线肯定是一直追逐着邓柯。

冰球赛分三局进行，每局二十分钟，比赛过程中可以不通过裁判随时替换队员和守门员。

邓柯中锋，何旭左前锋，李腾右前锋。钱铮和成伟树是后卫，徐阳守门员。

比赛正式开始。

之前所有的练习都在这时候发挥了作用，上了场就会发现，他们和之前已经完全不一样，一开始还有些混乱，但很快，大家就都掌握了节奏。

可一个仅仅输在成信手底下的队伍，不是那么好应付的。

邓柯是主力，李腾在速度上占了优势。

场上看似混乱其实有条不紊。

看台上不少女生拿着手机在拍照。

周荔春原本还在怀疑，焦点人物邓柯和何旭可都戴着头盔，又隔这么远，能拍得着吗？但她很快就无暇顾及其他了。

终于在一阵令人振奋的角逐之后，何旭拿到了球，传给邓柯，邓柯灵活又快速地穿过两人，眼看就要进球。

看台上爆发出一阵激烈的欢呼声。

直到“嘭”的一声，邓柯被斜冲上来的人撞倒。

窦群始终抱着手站在一边，中场休息也没做什么战术战略指导和调整，只是紧紧抿住的嘴唇泄露了他此刻内心的想法。

体力一点点耗尽，拼尽全力还是差一点，始终差一点。

压抑的、无能为力的、心跳一点点震荡在胸腔的那种感觉。

中途轮换休息，何旭坐在休息椅上，周荔春拿了一瓶水递给他，见他额头的黑发都被汗水湿透了，眼神微沉。

“尽力就好了。”周荔春没忍住说。

何旭点点头，随着场上裁判吹哨换人，周荔春就见他迅速站起，一撑手翻越上场。

那一瞬间用一个词形容大约是“猛虎出笼”，哨声一响，就会迅速进入战斗状态。

周荔春第一次发现，自己比上场的人还紧张。

她心想，自己彻底完了。

三场结束，即使拼尽全力，实力上的差距让结局惨不忍睹，不过也合理。

休息室里，少年们垂着头，任由汗水沿着下巴滴落。

窦群走进来，看他们那副萎靡的样子，一个个敲过去：“都给我打起精神来！你们才训练多久，今天要是赢了才叫不正常，比赛就是比赛，输赢都是常事，最重要的是要放平心态。”

邓柯站起来，皱着眉：“不好意思，是我没发挥好。”

窦群瞪他：“什么叫你没发挥好？你太独了自己没发现吗？这是什么？是冰球赛！不是个人秀场！”

终于，原本从场上下来就一脸心事的何旭，站直身体，帮忙道：“不关邓柯的事，是我们所有人都太依赖他。”

邓柯是公认的主力，又是技术最好最纯熟的，所有人拿到球的第一反应就是寻找他，但一个人的体能和精力都是有限的，这不是靠某一个人就能完成的比赛。

其他人都沉默着没有说话。

窦群因为何旭的话愣了一下，似乎没想到他还能有这样的全局观。

但是下一秒，他就黑了脸，骂道：“你还有心思替别人辩解呢？你刚刚冲上去干什么？想和人打架啊？你当自己是 Enforcer 呢！”

原本一直没有说话的周荔春，听到这个的时候，心下一跳。

Enforcer，执行者或者行刑人。

冰球赛场上让球迷为之疯狂的不是进球，而是打架。暴力冲撞和单挑是最挑动观众神经的时刻。对粉丝而言，一场没有打架的冰球比赛是不完整的。这是冰球比赛当中约定俗成的一部分。

他们上场的任务说明很简单：你敢碰我们队的优秀球员、我们的得分手，我就打你的脸。

根据以往的经历推断，何旭绝对是打架的行家。

窦群脸色越来越黑：“在正规的比赛当中这类人的进攻和防守能力一般，拿着最低的工资却干着保镖的事情。”

何旭难得没和他对着来，冷静地说：“成信冰球队担任这个角色的是谢胜，他人高马大的，你想让谁和他打？胖子？邓柯？钱铮还是李腾？”

所有人都清楚，没人比他更适合。

窦群瞪他一眼，干脆直接背着手走了，不知道是默认还是什么。

徐阳问：“他几个意思？”

成伟树摇头：“不知道。”

“教练的意思，大概是说你不是不可以承担这个角色，只是不想你这样单纯定位自己。”

何旭蓦然怔了怔，惊讶地转头看了一眼说这话的周荔春。

周荔春就站在他旁边，仰着头看他。

这个时候周荔春已经忘了自己这几天别扭的情绪，忘了自己是否真的喜欢他这件事。她看完了整场比赛，陪着这群少年经历了这段时间的训练，这个时候的她只当自己是冰球队的后勤，也算是他们当中的一份子。

他们每一个人都是优秀的，又很努力。

而窦群对何旭格外严厉的原因，是因为他是特别的那一个。运动天才，成长速度惊人，假以时日，独当一面绝对不成问题。

这样的人，窦群肯定不希望只是一个在赛场上形成靠拳头说话观念的角色。

周荔春很认真地看着他说：“你当然可以是 Enforcer，也绝对可以是一位优秀的冰球运动员。”

何旭瞳孔微缩，看着她沉默了两秒，继而勾起嘴角，缓慢地眨了眨眼：“我知道。”

一如往常的自信模样。

这场练习赛还是在学校掀起了一阵波澜，华西时隔五年后迎来的第一场正规的冰球赛事，结果败北，但华西冰球队还是在校内外引起了一轮热议。

男生为热血，女生为颜值。

终于体会到他们的热度，是那天的公共政治大课上，平时稀稀拉拉能请假的都不会来，周荔春刚跨进门，第一次发现教室人满为患。

“什么情况？”她找到新瑶她们的位置坐下后问。

“你不知道？这节课同时撞了何旭和邓柯，来上课的人当然多。”

周荔春环视了一圈，发现还真的基本都是女孩子，不过根据何旭以往旷课的频率来说，他应该是不会来上这种课的。

结果还不到两分钟，门口就前后出现了邓柯和何旭。

这一幕和当初在学校礼堂的那一幕有些相似，周荔春都有些恍惚，她那个时候还没有加入冰球队呢，他就坐在她后面，踢到了她的凳子。

教室里闹哄哄的。

“想什么呢？这么出神？”娅沁奇怪地看了她一眼。

周荔春心虚地掉头：“没什么。”

说话的工夫，何旭和邓柯已经进了阶梯教室的二排了，周荔春就在中间的位置，邓柯抬头的时候看到她，笑了一下。

周荔春挥手和他打了个招呼。

邓柯用手肘碰了碰走在前面的何旭，似乎准备和他说什么，周荔春顿时紧张起来。

结果听到有人叫了声：“何旭。”

何旭应声回头，那本可能相交的视线就偏过去了，周荔春说不清自己到底是个什么心情。

新瑶还在和她感叹：“邓柯那个冰山居然也是会笑的啊！我的妈，笑起来真好看。四儿，我现在有点羡慕你了，每天光是看着他们都不用吃饭的吧。”

周荔春白了她一眼：“邓柯人一直都挺好的。”

刚认识的时候冷是真的冷，他多数的训练都是和何旭搭档完成，经过这么一段时间，周荔春也见过他和队友闹成一团的时候。

周荔春一边和舍友说着话，一边注意到了刚刚叫何旭的女孩子。

女孩子化着精致的妆，很漂亮，是和刘云溪完全不同的那种漂亮，开朗又热情。她应该是和朋友一起，伸手招呼两人说：“今天怎么来了？”

很熟识的样子。

她看见何旭笑了笑，在旁边坐下随口说：“昨天接到这老师的电话，说我旷课太多，今天点名要是再没有我，她就把我给挂了。”

女孩子被他逗笑：“你还怕挂科？”

“不是怕挂科，补考太麻烦了。”

从周荔春的角度，能看到何旭的侧脸，他一只手撑在椅背上，跷着腿，一边玩儿手机，一边时不时应一两句女孩子的问话。

“谁啊？那是何旭的新女友吗？”周荔春听见身后有女生在议论。

有人回：“不是吧，好像是他们班的同学。”

“看这架势，我敢保证那女生喜欢他。”

“这有什么奇怪的，学校有多少女生不喜欢他吗？不过我怎么听说刘云溪好像还没放弃呢，到时候岂不是得打起来。”

“你管人家那么多。”

周荔春用笔尖戳了戳书本的边角，撑着下巴，神游到天外。

她发现自己和这些随时随地在背后关注着何旭的女生没什么不同，喜欢又怎样？不喜欢又能如何？她不知道怎么突然想起了曾经在某个地方看到过的一句话，暗恋就像一场独自消受的重感冒。

她晕头晕脑就一头栽了进去，连原因都没找着。

她趴在桌子上，偏头问娅沁：“你说，怎么样才能停止对一个人的过度在意啊？”

娅沁若有所思地看她一眼，问她：“四儿，你是不是有喜欢的人了？”

她为难：“应该……是吧。”

“对方呢？是个什么样的人？他喜欢你吗？”

周荔春艰难地牵了牵嘴角，这个问题她自己都觉得瞎。

“是个很骄傲也优秀的人吧。”她这样说。

直到这一刻，她也不得不承认，除去那些自以为的看法，他那么骄傲且耀眼。

耀眼到足以在任何地方吸引所有人的目光。

娅沁说：“四儿，你不该想那么多的。喜欢就去说，如果他真的那么好，那我们就让自己变得同样优秀，等你站在同样的高度再去评判一段感情的时候，或许你就会得到不一样的答案。”

周荔春说不清楚自己心里突然涌起的那股热涌该如何形容。

对啊，喜欢是她自己的事情。

同样的，她也不该因为任何一个人，失去了自我。

第五章／那样骄傲的一个人，怎么会为她驻留目光？

| W u F a Z u D a n g A o J i a o D e T a |

学校期中考试成绩公布，周荔春拿了专业第一。

从上了大学之后一刻也不敢放松的学习状态，在这一刻得到了收获，周荔春心情前所未有的轻松。而且班导刚刚找过她，华西每一学期都会有奖学金，大一也不例外，如果不出意外，名额已经算是在她头上了。

“请吃饭！”曾月说。

周荔春笑道：“行啊。”

于新瑶从柜子里拿出新买的大衣，哀叹道：“我都不知道自己这么长时间究竟学了什么东西！四儿，以后去图书馆上自习记得叫上我。”

周荔春怀疑地看了她一眼：“之前你都起不来，这天气马上就越来越冷了，你确定自己能爬起来吗？”

曾月大笑：“我觉得她不能，她宁愿躺在被窝里刷淘宝好嘛。”

于新瑶干脆放弃挣扎了，自暴自弃地说：“我还是想想怎么找个男朋友储备过冬吧。”

“出息！”娅沁放下书白她一眼。

周荔春笑笑没说话。

这两天因为考试她都没有去训练场，其实也是为了让自己冷静一下。她想也许不见到他，或许就不会想那么多，可事实上，好像作用不大。

正想着呢，抓在手里的手机嘀嘀地响了——

冰球队建了个微信群，刚好徐阳在群里面发消息。

“完了完了，我考完才知道期中考的成绩占期末考的百分之六十，老子期末考岂不是挂科挂定了！”

钱铮：“你干什么去了？”

成伟树：“我举报，他打着训练的幌子去网吧通宵，考试的时候在宿舍睡觉。”

李腾：“那就是你活该了。”

邓柯：“大学考试都过不了，你退学吧。”

徐阳不满：“你们损不损啊，就不能安慰安慰我？”

这个群的群主是何旭，原本没有加窦群，大家说到一半的时候，发现何旭把他给拉进来了。他进来的第一句话就说：“再让我听到打着训练幌子不务正业的人，我下次就让你们练习带球越障碍一百个来回。”

徐阳：“何旭！你太阴了。”

何旭那个头像是一个叼着烟斗的漫画人物，看起来跟他本人一样嚣张。

他说：“旭哥在线教你做人。”

徐阳：“有美女补习，考过了很得意是吧？”

“老子自己考的！”

周荔春默默窥屏，看着他们在群里互相攻击，新消息不断，她手机就不停地振动。于新瑶奇怪地问她：“你和谁聊天呢？这么热闹？”

她笑：“没，就冰球队他们。”

群里突然有人艾特她，钱铮说：“荔春，听说你好像考了专业第一是吧？大家一起来我家吧，放松放松。”

徐阳：“小春春，我要抱大腿！”

何旭：“滚犊子的！你大腿比人周荔春粗那么多，抱你自己的！”

徐阳委屈：“旭哥，你思想颜色真重啊！”

……

群里打打闹闹，周荔春想了想回：“好啊，什么时候？”

大家约好要去钱铮家一起煮火锅，周荔春去训练场找他们会合。

进门口的时候，她鞋带松了，系好后刚抬头就磕到了一块硬邦邦的东西。何旭显然没想到她会突然起身，摸着下巴皱眉说一句：“动作不能轻点儿？”

“谁让你站这儿的？”周荔春没好气地接了一句。

她撞得头还疼呢。

何旭倒吸了口气，嘿，考试两天没见，这家伙最近怎么看怎么让人生气。她穿了件羽绒服、牛仔裤、帆布鞋，还用橡皮筋扎了个头发，往天上冲的那种，瞪着一双溜圆的眼睛，嘴唇咬出浅浅的红色，正瞪着他。

何旭龇着牙，扯了扯她的头发：“丑死了。”

“关你什么事！”周荔春把自己头发抢回来，瞪他一眼。

钱铮背着包出来：“你俩干吗呢？”

何旭耸耸肩：“没什么，走吧。”

周荔春心跳得有点不正常，感激钱铮出现及时，暗地里松口气压下心跳跟在一群人后面。

大家心血来潮说要一起买食材然后再去钱铮家，所以就浩浩荡荡去了超市。

周荔春刚从门口处拿了个推车，就被半路伸来的手拦截。

何旭身上长时间带着一种特殊的气味，不是她闻过的任何一种洗衣液或者香水味道，特别好闻，很淡，也很独特。

所以她不用回头都知道是他。

何旭大掌抓过推车还不忘损她一句：“统共也没比这车高多少，给我。”

周荔春那叫一个生气。

她不知道什么时候，又是因为什么，和何旭之间的相处模式变成了现在这样。以前是毫无共同语言交流的状态，他们各自的圈子、习惯、性格完全不同。现在呢，虽然是她自己先单方面改变了态度，到头来反而总被对方一句话气得心梗。

她刚想回嘴，他已经推着车走远了，留她在后面干瞪眼。

男生买东西都很粗暴，直奔主题。

何旭是见着什么都直接往推车里扔，徐阳和成伟树拿了很多零食，钱铮和邓柯去挑蔬菜了。周荔春不知道要买什么，隔老远见着李腾站在放饮料的风幕柜前半天没动。

“你要买什么？”周荔春问。

李腾自从加入冰球队之后变化很大，他就是一个典型的猫科少年，多数时候安静地蜷缩在一边，但是现在阴郁不再，他偶尔也会和大家玩笑，在冰场上更是势如破竹。

他看着一排排酸奶没动。

周荔春笑：“你要喝酸奶？”

“黄桃味的。”他说。

周荔春随手就帮忙拿了一整盒，递给他：“喏。”

任何一个女孩子见着他都会不忍心不满足他任何需求吧，她这样想。李腾接过，顺手就放进了何旭他们推过来的推车里。

何旭显然是一早就发现了这边的动静，看看车里的酸奶，再看看周荔春，冲着她冷嗤了声。

——自己都是个没长大的黄毛丫头呢，母爱泛滥？

周荔春无语，她又惹他了？

直到何旭又推着车绕过货架，身边的李腾突然说了一句：“何旭很好。”

这个很好可能是说他一心把冰球队建起来的执着，可能是他对待高强度训练中所表现出来的认真和坚毅，可能是他的运动天赋和性格，也可能是其他别的什么。周荔春没问。

她看了何旭一眼。

他正站在不远处的货架前伸手拿最上面一排的干果，旁边的徐阳夹着成伟树的脖子正和何旭说着什么，他短促地笑了一下点点头，表示回应。

这么大个超市人来人往，他特别显眼。

因为不用训练，他换了件衬衣和牛仔裤，显得腿特别长，黑色风衣外套脱下来搭在推车把手上。这是私下里的常态，但因为周荔春多数见他都在训练场。知道他脱下了这身外衣，立马就能化身成另外一副模样。

那个状态里跟斯文和贵气这种词是不搭边的。

到钱铮家的时候，天还没有黑。

大家也都不是第一次来，熟门熟路。珠珠一早端了个小凳子坐在门口等着，见着他们，兴冲冲地跑过来。

“珠珠好。”周荔春把在超市买的小零食递给她，弯腰摸了摸小女孩柔软的发顶。

“谢谢。”小姑娘小声说。

徐阳他们蹲下来逗她，周荔春帮忙去处理煮火锅需要的食材。

火锅算是速度最快准备起来也最方便的了，周荔春正准备洗菜的时候，发现成伟树不知道什么时候进来了。见她看过来，他腼腆地笑了笑说：“我帮你吧。”

“好啊。”

周荔春给了他一把青菜让他洗，自己又去切土豆，一边切一边问：“胖子他们呢？”

“他们在杀鱼，我不会。”

周荔春笑了两声。成伟树看着她欲言又止，周荔春发现了，奇怪地问：“怎么了？”

“没……”他的脖子一下子从头红到尾。

周荔春脑子里突然闪过一个念头，也开始顿觉尴尬不已。成伟树在冰球队虽然一直不怎么显眼，但是他胜在个子不大，灵活性却强，又常和徐阳混在一处，显得极有特点。

但是周荔春从来没有往其他方向去想过。

气氛尴尬得不行的时候。

“好了没有？”门口突然传来声音。

何旭抱手斜靠在门上，一双眼睛纯黑色的，像是什么都能一眼看清。

一见到他，周荔春不自觉松了口气，但是也不知道该说什么，快速回了一句“快好了”，然后弯着腰从何旭身边逃也似的跑开。

她实在是不擅长处理这种场面。

而何旭看着她逃荒一样的背影，勾了勾嘴角，回头看向成伟树。

成伟树表情都快哭了，苦着一张脸：“旭哥，我是不是搞砸了？”

“你还喜欢她？”

“我没！我就是……就是发现自己对着她的时候不会像对其他女生那样恐惧，我想试试看自己到底是不是不正常，所以才……才想要靠近她的。”

何旭挑眉，似乎对这个说法意外也不意外。

成伟树结结巴巴：“她……不会讨厌我吧？”

“没事，我和她说。”

吃饭的时候，周荔春就顾着埋头扒饭了，连头都很少抬。当初在意识到自己喜欢何旭的时候，她还能分析分析自己的心理状态，可这位置颠倒过来，她才发觉无法适应。

她应付不了，给不了回应，而且一想到大家这抬头不见低头见的，越发觉得没把喜欢何旭这事说出口是个再正确不过的决定。

碗里突然多了一筷子金针菇。

何旭像没事人一样，见她终于抬头，说："你脸再小，那个碗也装不下。"

……

因为人不少，所以也没有人注意到他们之间的这点小动作，周荔春稍稍放下心。

何旭转头和另一边的邓柯说话。

邓柯说："教练之前是不是让你负重再增加两公斤？"

"嗯。"何旭点头。

他们谈论着一些训练上的事情，周荔春也就安静地吃饭，顺便照顾照顾珠珠。

天气越来越冷了，火锅让美食变得更加美好，一顿饭吃了将近两个钟头才结束。

周荔春一直都尽量降低自己的存在感，吃完饭大家围着沙发环绕坐着聊天。珠珠今天居然格外黏着何旭，坐在他旁边玩着他的手指。

钱铮说："没想到你还挺招小孩子喜欢。"

何旭眉毛一挑：“你见过有谁不喜欢我？”

“有啊，我觉得我们小春春就挺讨厌你的。”徐阳说。

周荔春突然听到在说自己，无语望天，心想自己这算不算人在房中坐，锅从天上来。

果然，何旭看了她一眼，呵了声：“那是她瞎。”

周荔春连骂他的心情都没了。

其乐融融的时候，邓柯接了个电话说有事要先走，所以聚会算是到此结束。

李腾招呼周荔春一起回学校的时候，何旭突然说有事和她说。

“什么事？”周荔春问。

从钱铮家出来的那条街有些老旧，只有零星两个小卖部亮着灯光。路边有昨天刚下过雨积起的小水洼，泛着莹莹的光。

周荔春盯着自己的脚尖，心里闪过无数念头，不知道他有什么要和自己说的。

何旭站在她前面，看着她的头顶。

“成伟树有恐女症。”他突然说。

“啊？”

周荔春完全没想到他会说这个，惊讶地抬头。

对上何旭平静的眼神，她突然想起成伟树以前说过他对着女孩子会比较紧张，看来和以前的经历有关。她默默点点头。

何旭说：“他对着你不会有那种恐惧的感觉，所以才试着接近你的。”

周荔春缓了半天："哦……"

"你还挺失望？"他挑眉。

"哪有！"周荔春白了他一眼，心里松了口气。

知道不是她理解的那个样子，也能避免以后的尴尬，她的心情一下子轻松了起来。

何旭看着她浅笑的脸，女生的快乐来得很轻易，眉眼下弯，五官在月色下看着很柔和。

周荔春，不知不觉间好像变漂亮了不少。

何旭当作什么也没发生一样，收回目光，抬脚往前走，说："走吧，送你回去。"

"不用……了。"

反抗没有任何作用的周荔春，在两分钟后坐上了何旭那辆惹眼得有些过分的超跑。

周荔春看着他没什么表情的侧脸，小声说："其实……我可以自己回……"

"安全带系上。"

冰球队近来名声渐起，主要是窦群不知道从哪儿弄来一些队伍和他们打配合，练习频率日渐紧张和密集。

到了现在，冰球队已经扩张成了十四个人的队伍，不过首发阵容主要还是他们六个。队长是钱铮，何旭和邓柯是副队。

私下训练辛苦，公开对外的训练赛也没少参加。

在一次次对战中，队里每个人的长处开始一一显露，窦群非常善于挖掘每个队员的特点，然后进行针对性的练习，只是在对何旭严苛这件事上倒是一如既往，只有更严没有最严。连徐阳有一次看不过去都吐槽："旭哥，你怕不是上辈子得罪了人全家吧？"

然后，他被暴躁中的何旭踹了一脚。

训练强度越来越大，大家嘴上平时还是会抱怨几句，但并不会真的抗拒或者质疑窦群。

反倒是周荔春，最近两天觉得事情有些棘手。

又一场训练赛结束，华西胜了。

休息室里何旭换了运动装，戴着黑色发带，汗湿的头发凌乱往后梳，露出光洁的额头。仰头喝着水的时候，他发现了站在门口的她。

"站那儿干吗？"他问。

"教练在吗？"周荔春在门口探头问。

"没在，你找他有事？"

"嗯。"

周荔春踌躇着走了进去，想了想还是直接问他："那个……咱们最近还要招人吗？"

何旭动作一顿："招，如果合适的话。"

"女生呢？"

"不要。"

周荔春其实已经料到这个答案了，所以也就没有继续说。

何旭发现她表情不大对，追问："到底怎么回事？"

周荔春老老实实说了原委，就最近一个星期，起码不下七八个人向她打听冰球队招人的事情，多数还是女生。

人家还振振有词："你周荔春不就在冰球队担任后勤吗？多招两个也没什么吧？"

周荔春一时找不到话来回绝，但实在疲于应付。

冰球队有何旭和邓柯两大招牌，加上近来冰球队赛事不断，而且成绩显著。少年飞扬在冰场上的身影，足以引起大片尖叫声。

队长钱妈的名声算是叫响了，李腾收到不少零食投喂，甚至连徐阳和成伟树都有自己的粉丝。

听说舞蹈队长楚悦带头，还打算成立一个啦啦队。

女生疯狂起来比男生还可怕，狂热效应是会传染的，这也不难解释为什么运动明星都有那么多战斗力堪称一级的女友粉。

在冰球队，周荔春给自己的定义，原本就是一负责琐碎事情的角色。可随着时间推移，她发现自己才是那个顶着后勤名头还得干着保镖工作的人，不但要对外应接，还得负责打发粉丝，保证队员的日常训练。

她语气略略有些抱怨："我又没有三头六臂，觉得可以适当再招个后勤组人员。"

何旭说："不行。"

每天训练被人像猴子一样盯着看，他绝对无法容忍。而且他很清楚，这种热度维持不了多少时间。

现在完全是因为大家看到了华西冰球队死灰复燃的可能性，华西和成信的斗争不是一天两天，但这种可能性一旦击溃，后果不言而喻。

见周荔春还皱着一张脸，他挑眉笑了声：“不用这么苦大仇深，再等一个星期。”

“什么意思？”周荔春不解。

看着何旭拧紧手上的矿泉水瓶盖，周荔春恍然明白：“你是说和成信的练习赛？”

训练了这么长的时间，华西终于决定正式和成信来一场了。

不过周荔春不懂，这和她说的事情有什么联系吗？

周荔春这两天的主要任务就是防止有人偷溜进冰球场，不过防着防着，她还是踢到了铁板，几个女生不肯走，堵在冰球训练场的门口闹。

带头的女生周荔春有些印象，是校跆拳道社的，看起来比周荔春高了不止一个头。

“真的不能进。”周荔春说。

“谁定的规矩？”

“就是！”另外一个女生紧贴着周荔春，眼里带着鄙视，“我都不理解了，你不会以为因为冰球队就只有你一个女生，所以显得自己很特别是吧？谁给你的权利，在这儿拿着鸡毛当令箭。”

周荔春差点吐血，但是翻来覆去还是那句话：“不能进。”

近期冰球队为了迎接和成信的训练赛都铆足了劲在训练，何旭说了，一个无关人员都不准放进来，她能有什么办法。

她尽职尽责地当着门神。

而训练场里，窦群把何旭叫到一边，看着埋头苦练的邓柯说：“多长时间了？”

何旭看了邓柯一眼：“一个星期。”

邓柯的状态不是很对他们都看出来了，整整一个星期除了上课吃饭睡觉外的时间全都泡在了冰场上，没日没夜。

何旭叉着腰皱眉：“他和成信冰球队长许川本来就是对手，这次能重新回到冰场原本压力就很大。”

窦群白他一眼：“这我当然知道，我是问你有没有什么办法？”

“这难道不是你的工作？”

窦群一巴掌拍过去：“我要是有办法还用问你！”

何旭干脆拖过椅子坐下，表情也不大好：“我找他谈过，没用。”

虽然大家有着共同的爱好和目标，但邓柯那人本就不多话，更别说把压力这种东西说出来让人知道。

何旭也糟心，但给兄弟做心灵导师这种事情，他还真不擅长。

“出去走走。”他站起来说。

窦群叫住他：“你现在就别出去了，我刚还看见那丫头义正词严地把几个女生拦在外面，这会儿估计都还没走呢。”

何旭额角的青筋一抽。

“你看见了不会上前阻止？”

“我还能把人往外赶咋的？况且还不是你们自己招惹的。”

窦群话还没有说完，何旭已经扭头朝着门口的方向去了。

何旭刚到门口，就听见有人在抱怨：

“你什么人啊？保镖？”

“就是，你凭什么拦我们？”

周荔春靠在门外的墙边上，低头抱着手，跟只斗败了的孔雀似的蔫了吧唧，却仍是固执地充当称职的挡路石的作用。

何旭微不可察地笑了笑。

“何旭！”有人发现了他的身影。

一波强行按捺也没按住的惊喜之声相继响起。

周荔春总算回神，猛地抬头。

何旭满头是汗，一手撑着门框，笑着对门外的几个女生说：“不好意思，我们冰球队最近的训练比较紧张，暂不对外开放。”

女生们变了个人似的纷纷乖巧点头：

“理解理解，你们加油！”

“不要太辛苦……”

周荔春听得嘴角直抽搐，敢情之前差点把她拆了的女人不是这一群？

没两分钟，轻轻松松把人给愉快地哄走了，周荔春对上何旭斜过来的视线，听见他说：“还不进来？打算在外面站多久？”

周荔春瘪嘴：“你以为我想？”

她脑子都要炸了，应付这些人，她真的宁愿回去写上十篇新闻稿。

何旭睨她：“你前几天对着我不是挺能说的吗，怎么现在哑巴了？”

“你不懂。”周荔春惆怅地无语望天。

那天训练结束，一群人出了训练场。

几个人商量着要不要去吃夜宵，然后发现外面不远处的大树底下站着一个女生，周荔春认了半天才认出是楚悦。

何旭拍着邓柯的肩，笑问："不上去打招呼？"

邓柯的脸上露出一点无奈的表情，徐阳跟着打趣："别人逼良为娼一般是指女生，到了你这儿怎么反过来了。这楚悦到底哪儿不好了？漂亮，关键是这么执着地喜欢你，你就从了得了。"

"行了，走吧。"邓柯直接往反方向走了，都没往女生那边看一眼。

邓柯最近打算从宿舍里搬出来，说是为了一心训练。大家其实都隐约猜到，他可能也是为了躲楚悦。

何旭倒是无所谓，说："我一个人住，搬来我那儿吧，刚好窦群说我们可以培养培养默契。"

邓柯想了想说："行。"

随即，几个人起哄着要上何旭家去踩点。

周荔春没怎么注意他们都说了些什么，一个人闷头走在后面。

十一月初的天气已经很凉了，加上这两天降温，路两边的树上只剩下光秃秃的枝丫和零星的黄叶，平添了几分萧索。

她和楚悦不熟，甚至都没有说过话。

不过楚悦作为校舞蹈队队长，周荔春多多少少听说过。那必定是非常优秀的女孩，可她偏偏对邓柯执着不放，注定了这份喜欢路上的辛苦。

周荔春注意到楚悦绞动衣摆不安的双手，倔强地红了双眼。

感同身受这回事其实不好这么说，只是现如今，周荔春隐约能明白喜欢这件事，对个人而言其实是惊天动地的，哪怕对方一丝一毫都不曾察觉。

这楚悦还有勇气一次一次追在邓柯后面跑，周荔春却发现自己似乎连开口的力气都不知道要从何而来。

她终于发现，自卑这件事，在喜欢上何旭的那刻起，其实她已经走心了。

她没来由地低落起来。

后颈的衣服突然被人拽住，周荔春惊呼了声，往回看了一眼，心下顿时漏了一拍。

她故作镇定地看着面无表情的何旭，问："干吗？"

"去我家。"

"去……去你家？"周荔春跟着他跌跌撞撞走了两步，不明白怎么莫名其妙突然要去他家？刚不还在说夜宵的事情吗？

她挣脱了一下，义正词严："我不去。"

刚好路边有车经过，车身擦着周荔春的胳膊过去了，何旭眼疾手快拽了她一把。

她这还心有余悸呢，就听见何旭语气不善："你眼睛是长头顶上了啊？大马路上乱跑什么？能不能好好走路？"

此时的周荔春，脸正好贴在何旭胸膛的内衫上，能感受到来自肌肉的弹性坚硬，也能感受到烫到她内心深处的体温。

她手忙脚乱地站直身体，心跳如鼓但好歹多年的冷静没让她当场失控。

她想说要不是你拉着我，她也不至于差点撞车，不过这话到了嘴边就咽下去了，脸颊发烫。

何旭看着她埋着头一言不发的样子，也觉无语，之前堵他那劲儿呢？

她就这样莫名其妙跟着大家去了何旭的家，高端小区，离学校不远，面积不算大的公寓楼，但是装修考究，家里也一尘不染。

住这儿的就他一个人，据说是家里为方便他上学特意买下来的。

一群少年可不管他这儿平常是什么样，到了地方可劲造。东摸西蹿，顺便感叹了一下有钱人家公子的生活现状。

何旭打开冰箱拿了啤酒一人扔了一瓶，唯独给了周荔春一瓶橙汁。

“我能喝酒。”她说。

何旭扬眉，钱铮接话说：“虽然我们都是可以信赖的人，但是女生在外，喝醉了总是不好的。”

周荔春失笑：“谁喝得过谁还不一定呢。”

她长这么大还没有探到过自己酒量的底，在她老家那个地方，过年过节小孩子也是被允许适当喝一点的。她高中毕业的聚会上，反正男生都喝趴下的时候，她还是清醒的。

所以她一度以为，自己可能就是俗称的千杯不醉？

何旭也没说什么，把手上的那一罐扔给了她。

几个人在何旭家叫了外卖。

围着茶几，游戏一轮翻了一轮，周荔春是游戏黑洞，输了两把之后投降，大家都很好心地放过了她。

她坐在旁边，看着他们闹。

李腾指了指放在旁边的一台冰球桌游，问何旭：“你买这玩意儿干吗？人家是为了亲子互动，你为什么？为你未来的儿子？”

徐阳嗤他：“女朋友都没有，儿子上哪儿找去？”

何旭拿起沙发上的抱枕就扔了过去，大家闹成一团。

周荔春也跟着笑，何旭就坐在她旁边的位置，闪躲的时候他的肩膀撞到了她，周荔春手上的动作僵了一下。

今晚的酒难不成和以往不同？她喝了一罐不到，就感觉自己的脑子跟糊了一样。

她伸手去拿新的，却被人从手中抽走。何旭打闹途中还能注意到她的动作，斜了她一眼说：“够了啊，真喝醉了我可不负责扛，到时候就把你扔大马路边上。”

他语气凶狠威胁，嘴角却带笑。

周荔春看着他的笑容，渐渐抿了嘴角。

自从冰球队成立以来，他多数时候是显得可靠的，场上桀骜，势如破竹；场下的多数时候也都是生人勿近，少数这样少年天性尽显的时刻都是和这群队友在一起。

周荔春脑子里冒出一个念头，如果她跟他说了喜欢，结果会是什么？

这个想法一出，就怎么也收不住。

她见着何旭面前已经空了起码有五个罐子，随口说：“别光说我，你自己少喝点吧。”

结果就听见对面的徐阳调侃：“我说你俩怎么回事？管人喝酒可是男女朋友才有的权利，有情况啊？”

周荔春浑身一僵。

随即听何旭冲徐阳笑骂道：“男女朋友？你开什么玩笑，这辈子都不可能。”

这句话似一股突如其来的冰刀，一刀扎进周荔春心里，她只觉得这种感受好荒唐，但真的亲口从他口中说出来，她只觉得非常难受。

他说，这辈子都不可能。

周荔春牵了牵嘴角，居然还能勉强跟着说一句：“对啊，怎么可能。”

纵使她的内心压抑得无法喘息，表面上依然风平浪静。

那天夜里，她告别了所有人独自回学校，最后还是蹲在马路牙子上不争气地哭了一场。哭得悄无声息，心里天崩地裂。

她十八年第一次喜欢一个人，就喜欢上了骄傲如何旭的男孩子。

那样的一个人，怎么会为她驻留目光。

她明明知道的，在何旭那儿，她就只是冰球队的后勤而已，还是个打着为了加学分才进入冰球队的后勤。

十八岁的周荔春第一次深切体会。

原来喜欢一个人，这么苦啊。

周荔春蔫了好几天，见着何旭直接绕道走。她知道这样做太明显，可她除了这样做，已经找不到更好的处理方法。

被钱铮他们问起，她只好撒谎说自己有点感冒了。

大伙儿倒是体贴，让她先休息两天，就不用跟着他们的训练时间一起来了，周荔春没同意。

和成信的练习赛迫在眉睫，她知道这对冰球队来说有多重要。

邓柯已经搬去了何旭那儿，两人的配合训练成效显著。

直到比赛正式来临的那天。

那天一大早，窦群组织队员早早集合。

他说："我知道大家这段时间训练都很辛苦，记住，团队精神、好胜心、执行力在冰球运动中缺一不可，心态也最为重要。运动员要保持平稳的心态，不论今天比赛结果如何，你们尽了全力就好。"

他还是那副随意的装扮，和成信冰球队那个西装革履发丝不乱的教练简直是天差地别。

徐阳嚷嚷："干翻他们！"

"说你胖，你还真开始膨胀啊。"窦群一巴掌拍在徐阳的后脑勺上，皱着眉去看坐在休息区一言不发的邓柯。

全队的人估计就心大的徐阳没有发现邓柯的不对劲。

何旭走过去坐在他旁边，给了他一瓶水："行吗？"

邓柯抬起头："放心。"

何旭拍了拍他的肩膀，站起来。

他的眼神在整个观战区扫了一圈，然后注意到了站在边蓝身边的周荔春。她今天居然取掉了眼镜架，估计是戴了隐形眼镜，胸前还挂着新闻中心的牌子。

她还化了淡淡的妆，站在人群里有些打眼。

她侧着头和边蓝在说什么，还真有那么几分职业的样子。

似是察觉到什么，她的眼神扫过来，一秒停顿后，又面无表情转开。

何旭没来由地冒火，这家伙这几天跟抽风了似的，真以为他不知道？和队里谁都可以有说有笑，偏偏躲他是吧？

比赛的哨声正式吹响。

观众基本都是来自两所大学的学生，成信的啦啦队整齐划一，居然还有人在观众席拉起了横幅——“冰场最强，成信称王！”

这段时间华西冰球队也是积累了不少粉丝资源，粉丝们一看，不行啊！口号是没法统一了，于是把华西加油喊得震耳欲聋。

瞬间，双方的啦啦队就将场子热了起来。

邓柯和成信的队长许川面对面站着，许川冷笑：“等你很久了。”

邓柯显然是没在状态，一开始就让成信的人拿到了主动权。

成信不愧是王牌球队，无论是配合还是技术，都非常纯熟。

华西是半路出家的野路子，主力邓柯状态不对，一时间节奏全掌控在成信的手里。

邓柯又一次对上许川，愣怔的一秒间，何旭传到他手里的球直接被对方给抢了。

队员们目前心态还行，纷纷围上去问怎么回事。

邓柯沉默摇头。

何旭注意到他的手在轻微颤抖，一时间眸色凝重，他之前没有想到邓柯面对许川会如此失控。

钱铮看向何旭。

何旭逼自己冷静下来，重新做战略部署："钱铮你帮着防守。李腾，看住许川，我找机会带球射门。"

大家点头应下，尽力不让许川直接和邓柯对上。

但是防住了许川，还有个谢胜。谢胜对何旭的挑衅更是直接赤裸，在场上就是明目张胆地针对他。

一次次带球过人，带出线又被拦截，然后再次重复。

抓住一切机会，争取每一分可能。

华西的学生从一开始的失望，到后来声嘶力竭呐喊。

即使第二场窦群临时换下了邓柯，但是于事无补。少了邓柯，他们根本打不出配合，而且又是和成信这样顶级的队伍比，赛况可想而知。

成信队胜券在握，有意吊着他们玩，故意消耗他们的体力。

第三场的时候，谢胜更是直接挑衅何旭。

何旭憋了三场的火瞬间找到了出口，谢胜一个眼神过来，他就挺身应战。

示意裁判之后，他脱了护具，挥拳而上。

谢胜猝不及防挨了一拳，顿时就爆了粗口。

周荔春一颗心提到了嗓子眼，虽然冰球比赛当中这样的行为是被默许的，但是比赛前窦群特地叮嘱让他不要冲动，周荔春没料到他应得如此快速。

全场气氛被推至高潮。

她知道何旭应该是憋到临界点了。

这场比赛华西打得到底有多憋屈，观众心里一清二楚。周荔春知道何旭那人，骨子里骄傲得不得了，一再被挑衅，能忍到现在已经很了不得了。

谢胜吃了个大意的亏，很快反击。

他有意激起这场对决，无非是想给何旭一个教训，但是没想到何旭身手出乎意料的好，他接连挨了两三拳，怒红了眼睛。

那也是周荔春第一次见到真正动手的何旭。

不愧是练过跆拳道的人，何旭身手敏捷，出手迅速。这种对决单纯靠拳头说话，不好做得太过，谢胜五大三粗，吃了不少暗亏。

裁判吹哨，何旭赢了，两人双双被罚下场。

即使这样，华西这边的声音震天响。

有女生大喊："何旭！帅爆了！"

接连的欢呼声，此起彼伏。

得了，因为这一架，何旭彻底火了，华西啦啦队这边消沉的士气也逐渐回暖。

被关小黑屋的地方离周荔春不是很远，她能清楚地看到里面的何旭，他闷着脸站在里面，表情凝重。旁边谢胜一脸愤愤却骇于之前他的拳头，终究不敢再挑衅。

比赛结束，0∶9 的比分，险些打出两位数的比分差。

华西自从正式成队以来，还没有输得如此惨烈过。

休息室里，窦群破天荒没有指责任何一个人，被一个电话临时叫走。

坐在椅子上沉默的邓柯突然站起来："我退出。"

周荔春本能地转头去看何旭，他抱着手靠在墙上一言不发，垂着眼不知道在想什么。

钱铮作为队长，立马站起来："这次比赛我应该负最大的责任，是我没有做到队长的职责，有两次失误，是我拖了大家后腿。"

成伟树也反省自己体能不行，冲撞的时候从来就胜不过对方。

一个两个把责任往自己身上揽，最后轮到徐阳，他看了看脸色黑得不行的何旭，嗫嗫嘴，到最后什么也没说出口。

"说完了吗？"何旭突然出声。

他咬着后槽牙，显然在忍怒的边缘。

他扯下搭在脖子上的毛巾，团成一团砸到地上，走上前把邓柯扯起来，拉着邓柯一言不发往外走。

"干吗去？"窦群挂了电话进来撞上他们。

室内的少年们垂头丧气，发现没有一个人搭理他，窦群自顾自摊摊手，转头看着邓柯他们离去的方向，感慨："总要自己跨过去那道坎才行。"

何旭拉着邓柯回到了空无一人的冰球场上，扯着邓柯的衣领将人摁在地上，咬牙问："现在清醒一点了吗？"

邓柯掀着眼皮看他，语气无力又自嘲：“清醒什么？清醒我打不过许川？还是清醒我本就不该加入这该死的冰球队？”

何旭一拳砸在邓柯耳边的冰面上。

比赛中被对方压着打都没有这一刻来得这么愤怒，他说：“邓柯，你四岁开始打冰球，就因为在许川那输了一场，你的手就废了是吗？”

“你懂什么？”邓柯冷笑。

邓柯很少有情绪如此外露的时候，正是因为他打小就开始练习，他热爱这项运动，一路走来受尽了赞誉和胜利，所以当失败来临的时候，才那么无法接受。而且这种挫败感，让他再也无法鼓起勇气去战胜。

世上的事就是这么现实，总有人比你更厉害。

他以为自己已经接受了这个事实，直到他再次在场上遇见许川，他才发现，他从来就没从那场失败当中走出去，他困死在那儿了。

何旭手上用了力，黑色的瞳仁里燃起点点猩红，他说：“邓柯，我记得我和你说过，一个人如果连赢的欲望都没有了，那和废物也就没什么区别。你现在就是在用行动告诉我，你就是一个废物！你懦弱、胆怯、不敢面对失败。你知不知道因为你，很有可能毁掉整个冰球队好不容易建立起来的自信心！”

邓柯神情痛苦，双手捂住脸。

“对不起。”他沙哑着声音说。

何旭手上陡然卸了力气。

他翻身坐在邓柯旁边，看着依然显示着0:9比分的大屏，突然开口：“我来对付许川，他不是你一个人的敌人，是我们整个冰球队的对手。”

邓柯攥紧双手，猛地转头看他。

何旭爬起来，脸上不复之前的愤怒和失望，他对着邓柯笑笑，朝他伸出手：“是兄弟，就不多说。”

两人形象都有些狼狈，满头大汗，黑发透湿。

邓柯在那一刻默契地相视一笑，他伸手，搭上何旭的手借力站起来。

“谢谢。”邓柯说得诚挚。

何旭伸手在他肩上怼了一拳，相视而笑。

周荔春从徐阳偷窥所得来的消息中得知，事情圆满解决，说何旭用武力说服了邓柯。虽然徐阳描述的过程剑拔弩张天花乱坠，就差大战三百回合了，但第二天训练的时候，两人看上去都不像是打过架的样子。

最搞笑的是，钱铮不知从哪儿弄来一张许川的照片，做成面具，给每个人发了一个要求他们戴上，说是为了帮助邓柯克服心理障碍。

见到一场子的许川的脸，邓柯那张凝固的俊脸，难得出现裂痕。

何旭甩了甩手上的玩意儿，嫌弃：“谁出的馊主意？”

钱铮一指徐阳，出卖得果断干脆：“照片他找的，打印是荔春办的。”

周荔春一个单纯跑腿的，再次被毫不留情地出卖，只能往后退了两步躲避何旭的视线，一脸“我真的是无辜的”的表情。

邓柯解围：“谢谢大家，这东西就不用了，我没事。”

徐阳天真地眨眨眼：“真没事啊？你可不要逞强。”

“真没事。”邓柯笑了声，“我会尽可能地把他当成一个普通对手，也希望我们冰球队能够团结一致，战胜他们。”

周荔春带头鼓掌。

发现何旭看过来的时候，周荔春嘴角的笑容逐渐凝固。比赛结束了，她得将之前认真思考的事情再次提上日程了。

当天她就去找了教练窦群。

窦群惊讶地看向她："退出冰球队？"

"嗯。"

"为什么？"

"就是现在学业比较忙，然后我还有新闻中心的事情要处理，有些忙不过来。"周荔春低着头没敢看窦群的眼睛，不过总算是说出口了。

虽然是借口，但这似乎也是她能想到的最好的借口了。

这件事她想了很久，最近上课频频走神，觉得这样下去实在不行。

她发现继续在队里待下去，和何旭每天见面，她没办法做到毫不在意。

如果穿帮，或许连现在这简单的战友情谊都维持不住。

窦群默了半天，神色了然，口头上却说："这个我还是需要考虑考虑，我也做不了主，得问问队员们的意见。"

"行。"只要别让她自己去说，怎么都行。

当天下午。

周荔春躺在床上刷手机神游，一条信息进来，惊得她一下子手机没握稳掉下来砸到了鼻子，疼得她嗷了一声。

曾月转头看她：“四儿你干吗呢，一惊一乍的。”

“没。”她揉了揉发酸的鼻子，“手机掉脸上了。”

于新瑶大笑：“我也掉过，感同身受。”

信息是何旭发来了，只有一句话：“到校门外旁边的那条街来。”

她翻身从床上爬起来，在衣柜里扒拉几次抓出来两套衣服，想了想还是抓出来一套特别寻常的换上。

于新瑶问：“你要出门？你们系今天没有晚自习吧？”

“没有，我有点事出去一趟。”

走在宿舍楼底下的那条林荫道上，她的心情出奇地平静。路边有赶着上晚自习的学生，也有抱在一起难舍难分的情侣。

周荔春看了看自己脚上的毛拖鞋，自暴自弃，她都这样蓬头垢面地去见他了，说明不管他找她是什么事，她也可以很好地应对吧？

对的，就是这样！她给自己鼓气。

到了约定地点的时候，何旭还没有过来。

这条街和她第一次遇见何旭的那条街相隔不远，这边主要是住宅区，底下只有零散的门市，到了夜间都早早关门了。

周荔春跺跺脚，哈出一口白气。

又降温了。

等了大概不到五分钟，远处就响起了脚步声。

何旭今天穿了件短款的黑色棉服，拉链敞开着，里面是件纯白打底衫，他插着裤兜迎面走来，整个人看起来干净又帅气。

周荔春本能地在旁边店铺的玻璃门上看自己的身影，微不可察地叹了口气。

何旭老远就看见了这个裹得跟个球一样的物体，嘴角抽了抽，得知她要退出冰球队所生出的那点情绪，突然间就散没了。

隔得近了，他把手里的热奶茶递过去：“有这么冷？”

周荔春点头，迟疑了一下还是接过奶茶，说：“我不喜欢C城的夏天，现在看来，冬天应该也不会怎么适应。”

她既不扛热也不扛冷，还扛不住自己那颗看到他就不受控的心。

莫名心塞。

她吸了口奶茶，顿时感觉暖到胃里了，或许跟教养有关，何旭这人看似生人勿近，有时候还挺细心和周到。但周荔春怕了他这样的好了，担心自己会心软。

她说服自己，只因为她曾是冰球队的后勤，他这样做不过是关照队员。

两个人就这样站着，谁也不说话。

过了半晌，何旭看着她那抓住奶茶的细细手指，先开口：“你想要离开冰球队的事情窦群和我说了，我不同意。”

她原本以为对方会问问原因什么的，准备了一肚子的借口结果一句话也没派上用场，直接就把她给否了，顿时就打了个嗝。

何旭用一言难尽的表情看着她，腹诽：平常看起来挺聪明，怎么突然蠢兮兮的？

周荔春生无可恋，抬头望天。

她说："实在不行，我可以等找到合适的人再离开。"

"你学分不要了？"

"不要了。"

因为体会过其中煎熬，她觉得远离是她唯一能做的事情了。大学里不是只有爱情的，她还有很多的事情可以做，无数的可能和拓展机会在等着她。

她计划都已经列了个表了，就等实施，反正不是现在，未来也总会去做的。

丰富和完善自己，是她上大学之前给自己定的目标。

但是何旭说："那也不行，重新找人还得重新培训，我哪有那个闲工夫。"

她已经和冰球队在一起大半个学期，从创立初期就在一起，她绝对是这个位置的不二人选。这就是何旭告诉自己不同意的理由，但见她是真的有离开的打算，他的心底隐约泛起一股焦躁的感觉，没来由地，也无法忽视。

"我不管，反正我不做了。"周荔春嘀咕。

何旭黑脸："理由？"

"忙。"

"忙？你之前不忙？"

周荔春不说话了。

何旭看着她头顶的发旋，这油盐不进的样子让人火大。他明知道她就是为了敷衍他，但现在这状况，束手无策更让人烦躁。

他以前怎么没发现，她性子这么拗呢。

两人僵持不下，周荔春手机响了。

是任清，没等周荔春开口，她在电话里说："周荔春，来一趟新闻中心的办公室。"

语气特别严肃。

周荔春不明所以，但还是说："好，马上。"

她挂了电话。何旭问："有事？那退出冰球队的事情先搁置，后面再说吧。"

周荔春知道这件事一时不会有结果，只能说："那行。"

等周荔春赶到办公室的时候，她才发现新闻中心所有领导和部门骨干居然全部都在。

任清一脸着急地扯着她："你被举报了。"

"什么？"

"你还记不记得你上个星期写的那篇关于大学篮球联赛的稿子，我们学校篮球社联名上书举报到了学校，说你不实事求是，要求把你开除出新闻中心。"

周荔春的表情顿时就冷了。

原本因为本来就有过冲突，学校篮球赛的稿子她都不写的。但一个星期前的联赛是和外校对打，余教授专程让她负责执笔。

那场比赛华西输得很惨，关键是篮球社的人挑事在先，为了学校声誉，她在撰写的时候已经很委婉了，文中更没有任何指向性的观点。

有人替她不平："篮球社的人看不惯学校冰球队很久了，你又身在冰球队，估计就是专门针对你。"

"一旦举报，被调查是肯定了，真是够缺德的。"

"篮球社尤其是章伟和王涛，听说本来人品就差，这次就是他们两个举报的。"

周荔春眉头紧锁，她很不想招惹这些麻烦，但麻烦总是自己找上门。

原本篮球社和冰球队井水不犯河水，但从冰球队成立之初就和篮球社结了怨，这段时间，冰球队话题不断风头正盛，都快盖过篮球队了，有人看不惯实属正常。

不过这阴招手段，着实把周荔春给恶心到了。

于新瑶、曾月她们知道了这事，也是气愤异常。

曾月愤愤："公开的篮球比赛，他们自己什么技术自己心里没点数？查！查到底！"

娅沁白她一眼："就算查到最后又怎么样？他们投诉四儿抹黑学校形象，一顶大帽子扣下来压不死你。你看看学校贴吧，乌烟瘴气的。"

曾月疑惑："都不是本校的人吧，ID没一个眼熟的。"

"不敢直接找冰球队的麻烦，居然拿四儿开刀，华西怎么会有这种贱人？"

于新瑶说："那现在怎么办？"

"除非让他们自己撤销举报。"

舍友们一边愤愤一边在努力想办法，周荔春靠在电脑桌前，一言不发。

原本就是针对她来的，主动撤除？怎么可能。

第二天，学校教务处的办公室里，周荔春果然见到了章伟和王涛。

他们背着手站在一旁，冲着周荔春冷笑，眼神傲慢挑衅。

领导态度很温和，还安慰她："学校已经调查过了，你们指导老师余教授也明确表示那篇稿子没什么问题。不过啊同学，这件事影响力已经很大了，所以学校最终还是决定让你暂时先离开学校的新闻中心。"

"什么？"周荔春脸色很白，眼里带着震惊。

这意思是告诉她，学校明知道她没有任何错误，但是因为有影响力，所以要牺牲她吗？

领导安抚她："你也先不要激动，只是说暂时……"

"那他们呢？"周荔春指着章伟和王涛问，"学校既然要这样处理，那我是不是同样也可以告他们恶意抹黑？"

说什么暂时，不就是开除！

愤怒、生气、委屈，周荔春眼睛憋得通红，她原本以为公正是不会被掩盖的，但学校的做法这样简单粗暴。她不服！

"我们可没有恶意抹黑。"染着黄头发的章伟讥笑，"学校的事也不是光凭你们这些新闻系的学生敲敲键盘就能决定的，我们篮球社成立这么久，赢过大大小小比赛数场，怎么能由着你瞎说八道。"

"我瞎说八道？"周荔春瞪着眼睛，"就你们这样的人，还用得着我说？"

章伟接话："怎么？又想找人给你撑腰？冰球队在成信手底下输得有多惨，你不是现场观看了吗？"

周荔春狠狠咬了咬嘴角，果然是因为冰球队的事。

她说：“和冰球队比？你们还不配！”

体育精神这种事不是人人都懂，人品这种东西也不是人人都有。

“你再说一遍！”章伟气哼哼。

眼见双方就要起冲突，领导连忙站起来拦住他们说：“干什么？这里是……”

就在这个时候，“嘭”的一声，办公室的门被人从外面一脚踹开。

里面的人都被吓了一跳，周荔春偏头，看到了冷眼站在门外的何旭。

他还穿着红黑色的训练服，脸色很不好，走进来二话没说把周荔春扯到自己身后，盯着章伟和王涛冷笑：“篮球队的本事就是抹黑栽赃？和阴沟里的老鼠有什么区别？”

“何旭！”两个男生脸色涨红，就要冲上来。

周荔春心里一紧，这怕是要打起来。

领导显然是认识何旭的，且对他有几分忌惮，赶紧上来劝：“何旭，有话好好说。”

“好好说？”他的大手直接捂在周荔春的后脑勺上，把她往前带了带，“你们给机会让她好好说了吗？为了这种垃圾针对一个女生，你们可真够可以的。”

领导顿时也是脸色通红。

何旭带着周荔春就要往外走，被章伟和王涛拦住了去路。

“话都没说清楚就想走？”章伟斜着眼睛说。

“还不够清楚？”何旭眼神带着狠劲扫过去，“好，那我就明确说清楚，举报信那种鬼玩意自己主动撤，那些贴吧里找来的喷子最好让他们换个说法，请水军我比你们在行。到时候别说学校你们待不下去，是想试试我有没有那个本事凭着诽谤罪把你们送进监狱吗？”

他扯着周荔春往外走，这次没有人拦他。

章伟和王涛狠狠拽紧拳头，领导面如菜色。

……

何旭像是忍着巨大的怒火，周荔春被她拉得胳膊隐隐作痛。

“你轻点。”她小声说。

看着她眼睛还隐约带着红色，何旭没好气地说：“你忙到要辞职，就这么个忙法？”

周荔春咬着嘴唇没说话，有一点委屈，也有一丝酸楚。

何旭看着她也不说话了，两个人闷不吭声下了楼。

出了办公室那栋楼，周荔春才发现冰球队几个主要成员都等在下面，看到他们全都围了上来。

“你们怎么来了？”周荔春惊讶道。

钱铮说：“我们收到消息，不放心就跟着何旭来了。怎么说也和冰球队有关，我们怎么能不管。”

何旭没好气地补充：“碰到这种事不会说，你是脑子生锈了？”

他还在生气，周荔春不怎么敢和他呛。

李腾说：“大家都是朋友，你遇到任何事情，都记得找我们。我们不能说都帮你解决，但一定会站在你这边。”

周荔春这回眼睛是真红了。

她想，这些人怎么就这么好呢？

这个时候，成伟树小心翼翼地问了一句：“我听教练说你要退出冰球队呀？能不能不走，大家相处很合得来，有事我们一起解决啊。”

周荔春揉了揉眼睛，笑着说：“我不退出。”

她其实怎么舍得退出呢？抛却对何旭的感情，她那么想要和这群少年一起共进退，一起成长。

“那就行啊。”徐阳放心了，“害得我们之前都不敢问你。”

午饭点上了，一伙人簇拥着去吃中饭，周荔春走在后面，对走在旁边的何旭小声说：“谢谢。”

何旭看她一眼，有心说什么，到头来吐出两个字：“不用。”

事情到底是怎么解决的，周荔春不清楚，何旭后续又做了哪些，周荔春也没问。事情就这样轻而易举地解决了，章伟和王涛撤了举报信，学校也没有追责。

宿舍里，周荔春趴在床上发呆。

于新瑶闯进来说：“我听说那两个浑球主动退出篮球队了。”

“有什么奇怪的。”娅沁头都没抬，“那种老鼠屎留着也只会败坏校篮球队的名声。”

于新瑶扒在周荔春的床沿说：“四儿这回估计是出名了，何旭为你闯了领导办公室，还公开和篮球队对着干，贴吧里都疯了。”

周荔春没敢上去看，只心虚解释：“这事本来就牵扯到冰球队，他那性子，怎么可能袖手旁观。”

“也是。”

娅沁抬头看过来，周荔春莫名地心虚，躲开了她的视线。

毕竟她也只能用这个理由来说服自己。

第六章 / 不喜欢也没什么，你可以从现在开始喜欢我

| W u F a Z u D a n g A o J i a o D e T a |

周荔春没有离开冰球队，大家也如寻常一般训练，只有窦群时不时调侃她几句。

新闻中心采访部的副部长因为个人原因退出，周荔春破格顶上了这个位置，一时间变得比以前更忙了。

她那天出学校去找交接的东西，回去的时候遇到了开车经过的何旭。

那个时候已经是傍晚了。

她问：“这么晚还回去训练？”

“嗯。”他坐在车里，一手撑在打开的车窗上，偏头看着她手里的东西，“这个时候不回学校，你去干什么？”

“我……我就随便逛逛。”

两个人再次无话可说，自从上次的事情之后，周荔春觉得何旭对自己的态度有些奇怪。见着她总是不太想说话的样子，皱着眉，像是有什么东西没想清楚，但也不像是讨厌。

“要不要一起吃饭？”他突然问。

“可你……”不是要回去训练吗？

周荔春干脆不问了，说：“好啊。”

两个人找了一家学校外面口碑还不错的餐馆，这是周荔春第一次单独和何旭吃饭，一时间也找不到合适的话题来聊。

何旭倒是显得很自在，找了位置坐下。

“章伟和王涛没找你麻烦吧？”周荔春问。

何旭抬头看她一眼，说：“他们不敢。”

周荔春点点头，何旭拿了筷子给她。

菜上得很快，两人话不多，周荔春最近没有时时跟进训练，问了他几个问题，他都很认真地回答了，气氛还可以。

吃了饭出门，两人并排走在路上，两分钟不到，两人手机同时响了。

摸出来打开手机一看，两人对视，彼此在对方的眼中看到了震惊。

钱铮的妹妹不见了！

钱铮在训练或者忙不过来的时候，珠珠一直都是由家人照看的，当初周荔春说是可以帮忙，其实也少有这样的机会。

她很喜欢珠珠，珠珠乖巧又懂事。

今天钱铮在训练场待得比较晚，已经给家里去过电话了，但是珠珠闹着要找哥哥。就在一个小时前，她趁家人不注意，一个人偷偷出了门，然后失去踪迹。

大家都慌了，满世界地找。

何旭拉着周荔春的手，带着她从路的另一头出去，一边在群里发语音：“我和荔春在学校东门这边，大家分开找，不要着急。”

周荔春看了看握在一起的手，忘了挣扎。

他的手掌宽大温暖，第一次叫她的名字没有连名带姓。要是放在往常，周荔春说不定整个脑子都已经蒙掉了，但是此刻却无暇顾及其他。

大冷天，又是晚上，珠珠一个小姑娘能去哪儿？

大家把学校周围、从钱铮家到学校那条路的附近都找了个遍，还是没有发现珠珠的身影。钱铮已经在崩溃的边缘了，不断自责是因为他的缘故珠珠才会走丢的。

“你冷静一点。”何旭抓着钱铮的肩膀。

那是大家第一次看见钱铮那么无措的样子，钱妈一向无所不能，大小事找他总是没有错的，但是现在他整个人都失去了方寸。

大家都发动了身边的人一起，边蓝和窦群都赶来的时候，大家决定分头再次扩大范围搜索。

周荔春原本和边蓝老师一起，绕过一个街角的时候却和边蓝走散了，她就沿着那条路往里走了走。

这里靠近老街区，房屋高低错落且破旧，大部分居民都迁走了，平时人就不多，到了晚上更是人烟稀少。路灯昏黄，一只野猫突然从周荔春脚边穿过，吓得她差点尖叫。

继续往里走了五十米的样子，路越来越窄，应该是要到头了。

她正想掉头往回走，却隐约听见不远处传来呜咽的声音，断断续续，像是惊吓不已。

周荔春想都未想立刻拔足往前奔去，那是珠珠的声音。珠珠和普通孩子不大一样，她说话困难，很难和人表达清楚的时候，和这声音极其相似。

走了两步又突然顿住，她拿出手机发了条消息，然后四目张望，从路边捡起了一根两指粗的木棍，才挪着脚往里面探去。

等真的转过街角，看到里面情形的时候，周荔春顿时脑子就蒙了。

昏暗的角落里，大概有四个人，看身形不像是成年人，穿着花哨廉价，像是附近高中辍学的混子。而珠珠就被围困在正中，被人像逗小动物那样，放任她挣扎着往外逃，然后再恶作剧一样把人扯回来。

周荔春脑子里的血直冲上头，挥着手里的木棍冲过去，直接打在抓着珠珠手臂的混子胳膊上。

对方捂着胳膊痛呼，凶神恶煞地回头。

珠珠认出她，慌乱地跑过来抱住周荔春的腰。

她把珠珠护在自己身后，往角落里退了退。

周荔春心里其实有些慌，她握着木棍的手在猛烈颤抖，几乎都要握不稳了，心里一片紧张和后怕，但仍本能地将珠珠护在身后，警惕地和围上来的混子们对峙着。

出门在外最怕遇到小流氓，三观还没完善就走了歪路，你都不知道对方会不会从哪儿就掏出来一把小刀子。

刚刚被打的那个人骂了句脏话，威胁她："少多管闲事啊！"

旁边一个嘴上还叼着烟的男生不耐烦地说："你跟她废话那么多干什么，自己撞上来的，一起收拾不就得了。"

说完，几个人就试图上前拖拽她。

论武力值，她当然比不过几个小青年，胡乱挥舞的木棍在砸到几个人之后就被夺走扔到地上，外套被扯开了。

珠珠吓得直哭。

周荔春从小到大就没经历过这样的场面，一时间除了挣扎也不知道还能怎么办。

抓住她的人看她毫无还手之力的纤细模样，淫笑了声，扯着她的头发就要往墙上撞。

周荔春无助又绝望地闭上眼准备承接这重重一击，远处突然传来一阵急促的脚步声——

小青年回头，还没转过去呢，就被一阵风似的踢飞好远，砸在了对面的墙上，半天没有爬起来。

周荔春哆嗦着抬眼，何旭脸色铁青地站在那里，眼中怒火翻腾。

另外几个混子看同伴被打，挥着拳头就冲上来。

何旭动作特别狠，一拳下去一定见血。这和在冰场上打架完全不是一个概念，没有招式，完全就靠着一股狠劲，哪儿薄弱朝哪儿下手。

几个混子很快倒在地上求饶。

何旭打红了眼，挥着拳头还欲上前，周荔春终于缓过神，腿软地靠着墙连忙阻止：“何旭，别打了！”

再打就出事了！他狠戾的样子有些吓到她。

一开口，周荔春才知道自己这嗓子竟喊破音了，何旭终于收手，转身刚好接住站不稳的周荔春。

他紧皱着眉，上下查看：“哪儿受伤了？”

她被人揪着头发往墙上撞的那一幕冲击力太强，何旭眼神阴郁，浑身戾气十足。他记得这家伙体力差得要死，要是他再晚来一步，后果……

何旭闭了闭眼，不想自己的愤怒吓到她。

周荔春扯了扯他的袖子，急切道："我没事，你去看看珠珠。"

她就是被吓得有些腿软，没怎么受伤，也就胳膊肘几个地方有点轻微擦伤。

珠珠只知道坐在地上缩成一团哭，也不肯给检查，不肯睁眼，看样子吓坏了。

所幸钱铮他们来得也很快，珠珠被抱起送往医院，大家跟着一起去。

周荔春顺带处理了一下擦伤，几人在走廊上等着珠珠的检查结果。

结果出来得很快，珠珠就受了点惊吓，没什么实质性伤害。

所有人都松了口气。

钱铮心里一块巨石落下来，笑得比哭还难看："还好没出事。"

李腾安慰地拍了拍他的肩膀。

边蓝陪着周荔春出来的时候，发现所有人都看着自己，周荔春笑笑："我也没事，大家放心。"

钱铮红着眼诚心感谢："荔春，谢谢你，如果不是你和何旭，我真的……"

"没事就好。"周荔春连忙回应。

她在走廊上看了一圈，发现没有何旭的身影，问："何旭……"

"他去派出所做笔录了。"

周荔春有点慌，那几个混混伤得不轻，她有些担心何旭会不会就此惹上麻烦。

此时跷着腿坐在派出所里的何旭，才是让警察最头疼的那一个。

鼻梁骨断裂、骨折、脱臼，被扭送来的混混们没一个是好的。

上头一个电话下来，动手的人得好吃好喝地伺候着，临走前他还丢下一句："记得让他们出来后换个地儿待着，再让我遇见，下次就不用出院了。"

警察摇摇头，暗道这回够那几个小混混喝一壶的了。

何旭出了派出所，发现所有人都等在外面。

他嘶了一声，敛眉："都堵这儿干吗？"

徐阳赶紧蹭上来："旭哥，我们怎么可能丢下你不管呢！"

"少肉麻。"

周荔春坚持要跟着来，见到何旭没什么事后，心也就落回到了原地。这兵荒马乱的夜晚总算是安静下来，有惊无险地度过。

何旭也看到她，皱了皱眉："检查了没？"

"嗯，没事，就一点擦伤。"

何旭用两根手指提溜着她的袖子，上下看了一遍，总算点了点头。

两人之间这小互动落到了徐阳的眼里，他促狭地凑近何旭，耳语道："旭哥，你什么时候这么关心我们小春春了？"

"怎么？"

"你是不是喜欢人家？"

何旭先是愣了一下，然后才去看周荔春。她正低着头在回消息，短发贴在白白的小脸上，目光专注。

徐阳还在说："之前篮球队的事情我就发现了，碰上小春春的事情你就没什么理智。"他拍着何旭的肩膀笑，"旭哥，恭喜，你终于遇上克星了。"

何旭突然就想起了两个小时前眼前那张煞白的脸，慌乱的眼神，颤抖的指尖。

那种心脏紧缩成一团的感受……

如果说他之前还不知道因为她决定离开所产生的烦躁究竟为何，那么这突如其来的意外，超乎寻常的在乎，可不就是上心了？

发现这一点的时候，何旭也自觉意外，看着周荔春的侧影勾了勾嘴角，没有承认，但也没有否认。

大家各自回程，何旭提出说要送她回学校，周荔春也没反对。

两人都没怎么说话。

这个夜晚对周荔春来说都不知道该如何概括，事情太多太乱，到现在为止，她的脑子都还是糊的，像一团乱麻一样。

她沉浸在自己的思绪里，走了半天，才发现何旭也一句话没说。

"今天谢谢你。"她说。

她最近好像老跟他说谢谢。

当时她那个短信是发给何旭的，那只是一种面对当下情况的条件反射，但也正是因为这样，她才发现自己内心里其实非常信任他。

何旭突然停了下来。

周荔春不明所以："怎么了？"

他突然伸手摸了摸她的头发。

周荔春缩了一下，才发现他指尖捻着一片枯叶。

他说："你今天做得很好，也很勇敢。"

声音低沉，也很认真。

周荔春顿时就鼻酸了，除了何旭刚出现时差点蹲到地上，她今天一直都表现得很镇定。

直到现在，一切安静下来，在他轻声的关心下，她才发现自己是怕的，很怕。

她从小到大都习惯了独自面对和处理任何事情，眼泪对她来说是多余的。但这段时间她会委屈会不平会流泪，而这些都和何旭有关。

何旭看着她红红的眼眶，愣愣抬手，微凉的指尖擦过她的眼角。

细腻的触感让何旭蜷缩了一下手指。

周荔春本能地往后缩了缩，避开那纤长有力的指尖，抬眼，有些话哽在喉咙口，呼之欲出。

恰时，何旭手机响了，来电显示是个不算陌生的名字，刘云溪。

像被点了清醒的穴位，周荔春瞬间清醒，那句喜欢你，差一点……就差一点点脱口而出。

她慌忙说："那我先走了，谢谢你送我回来。"

何旭看着她那如落荒而逃的身影，没有伸手阻拦，站在原地低头看了看来电显示，没什么表情直接挂断。

很快，信息又发过来。

“我没别的意思，就是关心关心你，听说你进了派出所，没事吧？”

他干脆将名字拖出来，直接拉进了黑名单。

从分手的那刻，他就明白，他们不是一路人。

有些关心显得刻意且没有必要。

那些心动、那些不适应还是如影随形，就算周荔春每天把自己忙成人形陀螺，当脑袋闲下来的时候，脑海中还是会隐隐浮现一个身影，他的样子、他说的话都如影像般一一自动浮现。

她忙着带人各处采访，忙着应付指导教授布置下来的各项任务，忙着闲暇之余去处理冰球队的后勤事务，还是会遇见何旭，而何旭看见她总是有什么话想说的样子。她不敢给自己面对他的时间和机会，总是低着头找着各种荒唐错乱的借口从他面前溜走。

连轴转了一个多星期，曾月她们看不下去了，说：“四儿，你是打算把人四年要做的事情放在几个月里一次性做完吗？”

“哪有那么夸张。”

除了她与何旭之间的关系变得尴尬而奇怪之外，其余的事好像一切都越来越稳定，包括冰球队内部，在经过那次成信大学的碾压式友谊赛后，团队的气氛有了新的变化。

窦群某天约了邓柯和何旭在校门外烧烤摊见。

邓柯按时到了，何旭还不见人，于是两人边吃边等，吃着吃着，看到何旭从他那辆拉风的跑车上下来，走到桌子边拖开凳子就随意坐下，不打招呼拿起肉串就吃。

拉风的跑车引起了众多围观，连带着他们这一桌也成了聚焦点。

窦群翻了翻眼皮，吐槽：“下次出来能不能换辆车？你那车停在这儿，连顿烧烤都吃不安生。”

何旭堵他：“你别吃了，肚子都大了一圈还吃。”

窦群一根竹签就甩了过来。

“找我来什么事？”何旭问。

邓柯笑笑，说：“何旭，以后我的位置你来。”

何旭手上动作一顿，看了看窦群，再看看邓柯，问：“怎么，你对许川还是有阴影？”

“不是，单纯地认为你比我更适合。”

都是前锋位其实差别不大，但何旭能懂邓柯的意思，邓柯其实算是球队的主力，大家都配合着他。何旭如果接替了这个位置，那么肩上的担子瞬间就加重了。

窦群拿纸擦了擦手指，说：“没错，你能力全面，邓柯配合你效果会更好。而且你们磨合了这么久，不会有什么默契上的问题。”

何旭想了想，一口应下：“行。”

他虽然口头上答应得比较随意，但是既然答应就一定会拼尽全力。之后的训练中，窦群也很明显地有意加重了他的训练量。

当然，效果也很显著。

何旭和周荔春有将近一个星期没有碰到面，这次倒不是周荔春有意躲避，是因为大家真的都很忙，每一次都恰巧错过了。

周荔春那天在新闻中心开会，听见有女生讨论，才知道何旭居然有了粉丝群，贴吧里更是讨论得热闹。

她打开手机点进去看了一下，第一张就是他坐在冰球场椅子上的高清大图。他穿着训练服，仰着脖子在喝水，汗珠沿着下巴滴落，滑过喉结。

周荔春还记得当时的场景，他刚从赛场上下来。

果然下面一票舔屏的。

“求原图！”

“帅炸了，现在都还记得他把谢胜按在地上胖揍的场景。”

“哇哇哇，那场比赛我居然没有去看，现在好后悔。”

……

下面说什么乱七八糟的都有，有打听他有没有女朋友的，在哪个系。然后就有无数的人给其科普，他和刘云溪的恋爱史，然后分手时间。

有人猜测：“会不会是因为华西和成信不对盘，所以导致两人产生矛盾。”

“你想多了，谈个恋爱哪来那么高的觉悟。你去翻翻刘云溪的微博，最近那几条悲春伤秋，不知道作给谁看呢？”

“不是要复合吧。”

……

周荔春啪地关上手机，人家复不复合，跟她都没什么关系。

那天下午有一节大课，好几个专业排在一起上了。

周荔春在上课铃响前五分钟坐到了教室左边的第三排的位置，没多大会儿，就听见旁边有人问：“这里有人吗？”

周荔春一抬头发现是他们自己系里的几个男生，虽然平常不怎么熟悉，但都是些熟面孔。她笑了下说：“没有，随便坐。”

坐她旁边的男生叫曾宇，坐下就开始抱怨：“本来约好在宿舍打游戏的，结果辅导员直接跑到宿舍来抓了个正着，一个破政治课，有必要吗？来了找个位置还这么难。”

他们系的导员出了名的神出鬼没。

周荔春想了一下问：“你们住 305 ？”

前排另一个男生转头，惊讶道：“我去，我们宿舍已经这么出名了吗？”

周荔春失笑，还真是。

他们系的男生宿舍 305 是重点查寝对象，用导员的话来说，最不爱来上课的几个人全扎堆了，而且每次例会都会被重点批评。

旁边的曾宇笑着说了一句：“我看你平常上课那么认真，还以为不会关注这种事情的？”

周荔春没想到自己有没有认真上课居然还会被人关注，笑道：“你们对学霸是有什么误解吗？八卦是女生的天性好不好？”

何旭晃悠着进教室的时候，看到的就是这样一个画面。

周荔春坐在边上，旁边应该是认识的同学，不知道说到了什么话题，笑得那么开心。女生比刚进冰球队那会儿看着明亮了许多，笑得眼尾弯弯，估计她自己都没有察觉，周围不少人都在偷偷打量她。

和何旭一起来的同学，见他突然黑下来的脸，有些不明所以，问：“怎么了？”

“没什么。”何旭收回视线，不过一句话说得硬邦邦的。

……

上课上到一小半的时候，周荔春总有种如芒在背的感觉，她往后扫了两眼，也没发现什么不一样。

曾宇拿笔戳了戳她：“你干吗呢？老往后看。”

周荔春皱皱眉：“没什么。”

是她的错觉吗？

第一小节课下课的时候，曾宇说：“我们要去买饮料，你有什么要喝的吗？”

“我不用了，谢谢。”

“那行，我看着买吧。”

“哎……”周荔春无言地看着曾宇他们离去的方向，心说她是真不渴啊。

站在她身后过道里的何旭脸色又黑了，刚刚那男生这么明显的故意接近还看不出来？真不知道她脑子里究竟装了些什么东西。

周荔春则总算反应过来自己周围怎么一直嘀嘀咕咕的。

她刚要抬头看情况，一本书就丢在了她旁边位置的桌子上。

周荔春问：“你怎么在这儿？”

她发现何旭的心情很差，而且表现得很明显。

她没惹他吧？

何旭往她旁边的位置上大剌剌一坐，看了她一眼说：“关于冰球队的事情，我有点事情需要和你谈谈。”

周荔春认真起来，想了想迟疑道：“还是之前我说要退出那事吗？”

见何旭不说话，她咬了咬下嘴唇，拧着细眉斟酌道：“之前提出这个我承认自己欠考虑，我很喜欢冰球队，也喜欢……每一个成员。”

何旭还是不说话，板着一张冷脸盯着她。

周荔春被盯得急了，以为他不相信，孩子气地举起右掌发誓：“我说要留下来是认真的，我保证之后一定会努力做好自己的事情。”

她那略急又较真的小表情，让何旭忍不住笑了声——

从她加入冰球队的时间到现在也不算太长，她的变化倒是不止一星半点。

更漂亮开朗，也更自信了，难怪有野男人开始接近她。

收住笑，何旭轻描淡写地反问：“我还什么都没说，你急什么？”

周荔春无语道：“那你……”

“荔春。”旁边的声音打断两人的谈话。

自动饮料机就在教室外面不远处，曾宇回来得很快，把手里的一瓶花生牛奶递到她面前。周荔春脑子里还在想着刚刚和何旭的对话，一时没有反应过来。

“拿着啊。”曾宇催促。

周荔春尴尬地说：“真不用……”

而且何旭那是什么眼神，盯得她都怀疑自己要是敢伸手，他就敢把她手给剁了。

曾宇干脆把饮料放在周荔春的桌子上，然后才看向坐在他座位上的何旭。

不等曾宇开口，何旭说：“同学，我有很紧急的事情要跟我们冰球队后勤商量，下节课可不可以换个位置？”

周荔春不明所以地看了一眼何旭，不知道他为什么要把“我们”俩字咬得那么重。

曾宇迟疑了一瞬，看了看周荔春说：“那行。”

何旭淡淡地道：“谢谢。”

等人都散开之后，上课铃也响了。

何旭靠在椅背上，放松姿势开始拿出手机，一副懒洋洋却完全没有要和她谈话的架势。周荔春想了想，举起书本挡住自己，侧着头小声问：“你到底要和我说什么？”

何旭看着她，挑了挑眉道：“忘了，下次说。”

……

一节课下来两人一句话也没说，下了课何旭收拾东西就直接走了，留下和何旭坐了一节课无端招来不少好奇视线的周荔春。

之后的好几天，周荔春总感觉自己被何旭盯上，他常常悄无声息出现在身边，行为和语气还总是怪怪的。

周荔春以为他是对自己的工作不满，见着他尽量绕着走。

周六早上训练刚结束，还喘着气的何旭瞟见那个拿外套挡住脸就差贴着墙根走的小身影，他咬了咬牙，烦躁地甩了甩被汗润湿的黑发。

他以为自己已经表现得很明显了，没想到周荔春就是个不开窍的。

他在出口处堵住她。

周荔春一脸“我真的有认真工作”的表情，无辜道：“有事？”

何旭像是突然想到了什么，转头和他们说：“滑雪去吗？”

“滑雪？”钱铮停下手里的动作，“怎么突然想起这个？”

“就说去不去？”

大伙儿都习惯了他这几天偶尔的莫名情绪，但出去玩总是极具诱惑力的，徐阳扔了手套兴奋道：“去啊，难得周末不用训练哎。”

所有人都同意了，何旭看向周荔春：“你也去。”

“我就不……”周荔春脱口而出的拒绝在何旭略带威胁的视线里转了个弯，僵硬地笑着改口说，“那要不……我还是去？”

他们去的滑雪场是C城最大的滑雪场，距离市中心足足有三个小时的车程。何旭和邓柯分别开了辆车，到达的时候已经快中午了。

一行人决定先去找吃的。

坐在店里，周荔春终于想起来问何旭：“你是不是来过这儿？”

她记得自己刚进冰球队那会儿在何旭手机里看过他滑雪的照片，应该对这种地方是驾轻就熟了。

何旭随手给她倒了一杯茶搁边上，说：“这个滑雪场还没来过。”

这突如其来的温柔让周荔春不敢吱声了，接下来是要算什么账了吗？她回顾了一下这几天，好像没啥事惹到何大爷吧！

气氛尴尬着，何旭盯着前面垂着头不知道想什么的周荔春的黑色发顶。

不远处成伟树小声说："我不会怎么办？"

徐阳拍了拍他的肩，安慰道："不会怕什么，到时候让何大神带。"

"我不带。"何旭开口就拒绝，"你自己带。"

周荔春原本想接一句自己也不会，但想了想算了，大不了不滑不就得了。

吃完饭，何旭带着一群人找到了租装备的地方。

邓柯和李腾都还算有些基础，钱铮又是个敢于尝试的，也就徐阳拎着歪七扭八的成伟树在最后面。

周荔春没准备去滑，直到何旭把一套装备扔在她面前。

"换上。"他说。

周荔春看了看地上的东西，再看了看何旭，半天憋了句："我不会，我不滑。"

何旭："我教你。"

"我不……"

何旭睨了她一眼，打断她："要我帮你穿？"

周荔春彻底住了嘴，认命地拿起装备开始穿戴，但是没想到护具太多又很笨重，她怎么也穿不上那个滑板。她都快被磨得没脾气了，心想好好的周末她怎么会沦落至此？反抗他一回，他还真能揍自己一顿不成？

突然，旁边伸来一只手。

何旭什么话也没说，三两下替她弄好，然后把她从地上扯了起来。

刚站起来，“啪”的一声，周荔春又坐回去了。

什么鬼啊？

何旭技术娴熟，各种动作随手拈来，看着她笨拙的样子笑了声，一边嘲笑道：“你还能更丑一点吗？”

周荔春不服地瞪他一眼，不过戴着滑雪镜，他估计也看不见。

“速度不要太快，身体向下倾，保持重心向下平衡。”何旭带着她，一个一个纠正动作。

短短几分钟，周荔春深刻地认识到，她大概是那种传说中运动细胞完全未发育的人。

她不知道摔了多少回，以各种千奇百怪的姿势。

摔得她都快怀疑人生了，屁股疼，浑身疼。

但是何旭不肯放过她，她摔倒了就把她扯起来继续。周荔春欲哭无泪，真心怀疑他是不是故意整自己。

他不是说自己不带人吗？一直跟着她是怎么回事？

周荔春停在滑道边上，死死抓着护栏，喘着粗气一脸拒绝：“你自己走吧，真的不用管我。”

“真不用？”他反问。

周荔春觉得他表情有点奇怪，怀疑了一下坚定地说：“不用。”

“行。”何旭勾唇笑了笑，收回了之前一直以保护姿势伸出的手，似笑非笑地看着她。不敢说不滑了的㞞包周荔春深吸了口气，硬着头皮试探着往前滑了一点。

说实话，没人在身边护着，她还真有一瞬的心慌，心一慌，脚下的动作就跟着乱了。

一个不稳，她就直接摔了下去。

惊慌失措间，她感觉有人扯了自己一把，然后被她拉着摔成一团。

她手忙脚乱地试图爬起来，听见身下一声闷哼，何旭无奈道：“你慢点，我肋骨都要断了。”

周荔春尴尬得头都不愿抬了，小心翼翼地抬眼问他：“你……还好吧？”

她说完才发现何旭没有回她，抬头看上去，何旭的护目镜不知道什么时候摘掉了，一双墨黑的眼睛正认真地看着她。

两人隔得很近，周荔春心里咯噔一声，心脏急速跳动起来。

何旭抬起手，眼看就要触到周荔春的脸，旁边不知谁从他们身边滑过，吹了一声悠长响亮的口哨，周荔春猛地回过神，才发现两人姿势实在令人尴尬。

她一个翻身挪到旁边，也不看他，低着头掩饰内外皆有的慌乱，说：“我们快走吧，队长他们该等我们了。”

何旭扫了一眼刚刚吹口哨的人，咬了咬牙。

他们计划周日再回学校，于是在滑雪场的山脚下定了酒店，打算去滑夜场。

周荔春找借口没跟着一起去。

夜场温度低，他们没多久就回来了。

酒店有露天观赏台，周荔春替他们叫了食物去上面，一边欣赏夜景，一边解决晚饭。

夜幕低垂，从酒店的视角望向整个滑雪场，美得像是一幅画，耀眼的灯光给整个雪场带来一种绚丽的氛围，也有一种极致的浪漫。

周荔春感叹："真漂亮。"

这一瞬间，她终于觉得这一趟来得是值得的，虽然代价是全身酸痛。

钱铮撑在她旁边跟着感慨："对啊，我还没见过这么美的滑雪场夜景，要不是里面太冷，他们估计还要待一阵。"

虽然眼睛看着美景，但是周荔春能感觉到何旭总是看过来的视线，她只能当作没发现。

钱铮突然转换话题问她："你是不是和何旭闹别扭了？我怎么觉得你们下午的气氛怪怪的？"

"啊？"周荔春心里一惊，心虚道，"没有啊。"

她承认主要之前在滑雪场的气氛有些暧昧，但是她实在摸不清何旭在想什么。

美景、美食、队友，一顿饭难得吃得如此惬意。

徐阳摸着肚子大发感慨："不用训练的感觉真好啊。"

何旭踢了他一脚："出息！以后的比赛只会越来越多，训练只会越来越强。"

徐阳装作受伤，在沙发上翻滚着大叫，惹来队友的笑骂。

周荔春也循声看过去，跟着笑，一转眼刚好撞上何旭的视线，连忙又移开。

几个粗枝大叶的少年闹了一会儿，并没有注意到两人之间奇怪的气氛，吃了晚饭就各自回房了。

周荔春特地留到最后，等他们走了再下去。

结果在楼道口被人吓了一跳。

她看着靠在墙上的何旭问：“你……你怎么还在这儿？”

“躲我躲够没？”他问。

“谁……谁躲你了？”周荔春转身就想走，被何旭一把扯住了胳膊。

她挣扎了两下没挣脱开，压着声音皱着眉道：“你干什么？放开我。”

“我不放。”

“你脑子有病？”

何旭抓住她手腕的力气加大了两分，她还欲挣扎，何旭突然说：“周荔春，我喜欢你。”

周荔春怀疑自己幻听了，睁大眼睛看了他一眼。酒店的楼道有些昏暗，但是周荔春发现自己居然从他眼里看到了认真。

周荔春哽了一下，开口就一句：“可我不喜欢你。”

“你为什么不喜欢我？”

“不喜欢就不喜欢，哪来那么多理由！”说完，她转头就跑。

何旭都快被她的反应气笑了，再次扯住她：“不喜欢我你跑什么？”

他把她拽回来堵在角落里。周荔春的视线左右闪躲，就是不看他的眼睛。

何旭贴近她说：“不喜欢也没什么，你可以从现在开始喜欢。”

周荔春对他这逻辑服气，终于直视他的眼睛说：“以前不喜欢，现在也不喜欢，以后更不会喜欢。”

何旭有一瞬间的无言，他长这么大，还真没被人这么拒绝过。他强硬道：“必须给我一个理由。”

周荔春突然就想起之前无疾而终暗恋的那段时间，张嘴就堵他：“哪有什么理由，你这么自恋，独断专横又蛮不讲理，是个正常人都不会喜欢你。”说完就唾弃了自己一句，之前她瞎了？

何旭莫名其妙被人跟炮仗一样怼了，一开始是想生气，随即又心生怀疑。

她的眼睛可不是这么说的。

突然，他就想起很久之前的一些细枝末节，突然打翻的饮料，莫名转换的态度……

他后知后觉发现自己好像错过了很多事情。

周荔春对上他审视的眼神，底气不足地横他：“你看我干什么？”

何旭眯了眯眼睛，胸有成竹般：“周荔春，你其实是喜欢我的吧。”

周荔春觉得有些心梗，也有一些说不出的憋闷，她半天没说话。过了一会儿，她破罐子破摔一般没好气道：“是啊，喜欢过又怎么样？我现在决定不喜欢了，你自己不是说过，和我永远都不可能吗？”

何旭愣了愣，他什么时候说过？

然后又突然想起来有一回邓柯他们去他那儿，他好像是顺嘴说了一句。

无语了。他白了周荔春一眼：“玩笑话你也信？”

“反正我信了，你让开！”

周荔春伸手推他，他抓着她胳膊不放。

他也来气了："你说你喜欢我，那你问过我吗？你没问过我就自导自演，给我判死刑！周荔春，你讲不讲理了！"

周荔春红着眼抬头看他，明明不是这样的，她怎么不讲理了？

何旭一看她眼睛红了，态度立马软下来，伸手干脆直接将她环在怀里。

何旭叹了口气，在她耳边说："那重新开始，以前一切就当没发生，你和我试试看如何？"

周荔春道："不要，喜欢你的人那么多……"

"但我现在只喜欢你。"

周荔春觉得自己心脏快要跳出来了，脸颊发烫。她继续挣扎："我……我要想想。"

"不许想！就你那脑子，还不知道能琢磨出什么东西来呢。"

周荔春不想和他说话了。

何旭的语气又突然认真起来，说："谈个恋爱而已，你都承认喜欢我了为什么不和我试试？我喜欢冰球，可以为之努力到现在。你就算真不喜欢我，我也可以努力让你喜欢上我。我们相爱就在一起，不合适了就分开，如此简单而已。"

周荔春愣住了，突然又觉得，对啊，不就是谈个恋爱，她为什么要想得那么复杂。

不过她口头上还是没轻易放松，开口说："那也……"

何旭看出她态度软化，不给她继续开口的机会，直接倾身堵住了她的嘴。

“不行，我话还没……”

周荔春推拒的手直接被何旭抓着举过头顶，他抵在她的唇边低声喘气说：“你什么话都不用说，跟着我说的做就行了。”

周荔春瞬间腿软，话咽了回去。

第二天回学校，何旭的车里只载了周荔春一个人，徐阳和成伟树试图打开车后座的时候被何旭踹开说：“去邓柯那儿。”

徐阳很蒙：“他那车坐不下了啊。”

“那自己去打车。”

徐阳发现何旭也不像是心情不好的样子，应该说是心情很好，从昨晚到今天整张脸就差写上春风得意几个大字了，莫名其妙道：“你怎么回事？你这车是镶钻了啊，坐不得咋的？”

“哦，是啊，昨晚刚镶的。”

……

那边邓柯从车里探出头说：“干吗呢这么半天，快点，走了。”

何旭坐进车里，直接开车扬长而去，留下徐阳和成伟树站在一片汽车尾气当中凌乱颤抖。

一直在检查背包的周荔春对这一切一无所知，坐正了的时候车已经开出百来米远了。她往后看了看问：“怎么就我们俩？”

何旭目视前方，毫不心虚：“他们有另外的安排。”

周荔春狐疑地看了他一眼，半天“哦”了一声。

车里的气氛太过安静，周荔春后知后觉般生出了点不自在，脑子里突然想起昨晚被他堵在楼道里的场景，耳根子隐隐发烫。

何旭用眼角的余光看了她一眼，勾勾嘴角问：“想什么呢？”

周荔春反应过度般快速回了一句：“没想什么。”

直到耳垂处被何旭温热的手指轻轻捻过，周荔春才瞬间僵住了身体，脖子到脸红了一大片。

何旭见她这般反应，啧了一声，带着笑意缓缓道：“脸皮这么薄？你说不能公开这么‘丧权辱国’的条件我都答应了，但那都是迟早的事，那你到时候岂不是得钻地下去？”

哪儿就丧权辱国了？周荔春挥开他的手：“你闭嘴，好好开车。”她深吸了口气，压下心头的那点悸动。

刚好何旭手机响了。他说：“我不方便，你帮我接。”

周荔春帮他把手机取出来，看了看来电显示说：“是成伟树的电话。”

她按了接听，还没来得及喂一声，那边就传来徐阳炮仗一样的声音：“何旭你大爷！这里根本就打不了车！”

何旭把手机拿过去，直接挂断，然后淡淡地说了一句：“过个二人世界这么难。”

……

她开始怀疑再这样下去，他会被队友揍也说不定。

到了学校的时候快中午了，何旭他们下午还有训练，他要回家拿换洗的衣服。

周荔春在校门外下的车，她关门的动作一顿，想了想才说：“那……

那我先走了。”

何旭看着她不说话就是笑，眼睛里亮晶晶的像是掉进去无数颗星星。过了一会儿，他才道：“行，下午训练你就别跟了，在宿舍好好睡一觉，我晚上给你电话。”

“嗯。”

周荔春用了几天时间来适应自己成了何旭女朋友的这个身份，她始终觉得有些不真实。但看着聊天记录每天的早晚安，又隐隐甜蜜。连舍友几个都在狐疑。

曾月问：“四儿，你现在每天晚上和谁打电话呢？不会是恋爱了吧？”

周荔春支吾半天又被逼问，最后实在隐瞒不过去，只能承认了。

于新瑶惊讶得张大了嘴巴说：“你再说一遍，你和谁在一起了？”

“何旭。”

连娅沁都无言了半天。她们接受能力很快，最后曾月总结：“这么个大宝贝入了狼窝，便宜何旭那家伙了，你要是受了欺负我们就一起揍他！”

周荔春笑着点头，觉得遇到这群舍友自己真挺幸运的。

后来，于新瑶、曾月她们试图挖出更多细节八卦，拉着周荔春在床上闹，还是手机铃声解救了她。

她说：“我电话响了。”

几个舍友放开她，曾月挤眉弄眼：“何旭吧？”

周荔春不和她们贫，抓着手机去了阳台，接起来。

那边半天没说话，周荔春拿下手机看了一眼，又“喂”了一声，那边才低声问了一句："你怎么这么喘？"

周荔春结结巴巴脸色爆红："刚……刚和曾月她们开玩笑呢。"

原本说不公开关系是周荔春自己的要求，结果她先在舍友面前露了馅儿，何旭说："我巴不得，不过公不公开主动权都在你。"

"荔春。"他又叫了她一声。

周荔春最受不了他这样低着声音说话，虽然隔着手机，都感觉就在耳边。

"嗯？"她应了一声。

"既然你舍友都知道了，下次请她们一起吃个饭吧？"

周荔春傻傻问："为什么？"

"讨好一下女朋友的娘家人。"

周荔春一阵脸红："你……你定吧。"

两人后来又聊了一些其他的，东拉西扯也没舍得挂电话，最后还是何旭说这周末要聚会，地点就在他家，才挂断了。

聚会的那天，何旭开车去接的她。

到了他家，人基本都已经来齐了，闹闹哄哄一屋子人，连边蓝老师和教练都在。一推开门，有人就说："我们人都来齐了，你这个屋主反倒最后出现？"

钱铮系着围裙出来，看到周荔春说："看来是去接我们队花了？"

周荔春有点囧，知道这群人闹起来就没完没了，笑着打了声招呼干脆去帮忙。

李腾他们搬出何旭家那台冰球桌游在玩儿，吵吵嚷嚷的。

吃饭的时候，何旭的位置在周荔春的左手边，何旭一边和他们说着话，一边给周荔春碗里夹菜的动作就没停过。

她实在吃不了了，扯了扯他的袖子小声说："别夹了。"

何旭反手直接抓住她的手，她没挣脱开就由着他去了，手心汗涔涔的，有点隐秘的刺激和甜蜜。好在气氛热切，也没人发现他们的小动作。

到中途的时候，客厅的灯突然灭掉。钱铮和邓柯一起从厨房推出了一个大蛋糕，有人欢呼，也有人开始鼓掌。

周荔春完全状况外，心想今天谁过生日？边蓝带头唱起了生日歌，所有人的目光看向何旭时，周荔春才恍惚听见旁边的何旭啼笑皆非地说了一句："这么老套的主意谁出的？"

"哪儿老套了？"徐阳说，"我们集思广益想出来的好不好，你居然还嫌弃？"

钱铮直接把刀递到了周荔春的手里说："这家伙一点都不识好歹，蛋糕就由队花代为切吧，有意见没？"

何旭笑着摇头："没。"

周荔春拿着刀没动，震惊又愧疚，然后说："不好吧，我都不知道他今天生日。"

钱铮转头惊讶地问李腾："我不是让你通知了所有人吗？"

李腾也很蒙："我那天有事，让胖子说的啊。"

得了，传来传去，周荔春成了被遗漏的那一个。

这乌龙闹得大家都笑了，窦群最后发话："不知道就不知道，人在这儿不就行了。”

最后还是何旭拉着周荔春的手一起把蛋糕给切了。

后来开始送礼物，周荔春就更尴尬了。别人不知道也没什么，可她现在是何旭的女朋友啊，居然连他生日都是临到头了才知道。

她坐在沙发边上，何旭和他们闹完坐到了她旁边。

周荔春悄悄看了他一眼，被逮了个正着，然后才小声说：“不好意思，礼物只能下次补给你了。”

何旭冲着她挑眉，和她耳语：“怎么，觉得对不起我？”

周荔春缓缓点了点头。

何旭笑出声，轻声道：“我本来也不是很爱过生日，他们搞这一出也没和我说。”说完之后停顿了一会儿，接着说，“你要实在过意不去，现在就有个弥补的机会。”

她转头：“什么？”

“以身相许如何？”

周荔春动作一僵，知道他根本就是故意逗她，还没来得及有反应，就被徐阳一巴掌拍在沙发上的动静吓了一跳。

徐阳大喊：“何旭我可听见了啊！人兔子还不吃窝边草呢，你能不能要点脸啊？”

何旭黑脸：“你能不能别老在人背后晃？”

徐阳声音太大，钱铮他们纷纷问：“怎么了？”

徐阳干脆抓了个枕头放在周荔春和何旭中间，对着周荔春说：“小春春听哥一句话，这么久我算看透他了，他就是一流氓禽兽，以后离他远点儿！”

……

何旭脸色又黑了一层，拎过枕头直接砸在了徐阳的怀里说：“闭上你那张臭嘴。”

周围的人听了个大概，都哄笑起来。

那天一直闹到很晚，第二天早上训练的时候周荔春按时去了场地。她到的时候，何旭他们已经开始训练了。

中途休息，周荔春拿了个盒子递给何旭。

他看了她一眼接过：“这什么？”

“生日礼物。”

何旭打开盒子，挑了挑眉，居然是一副专业的护具手套，深蓝色的，很好看。

周荔春有些不好意思：“这个是跑了很久才买到的，本来想买……”

“我很喜欢。”何旭笑着说。

周荔春表情松下来，跟着笑了。

何旭待在她的右手边，趁着所有人没注意的时候捏了捏她的脖子。周荔春吓了一跳，猛地仰头去看他。

他轻呵了声，像是被她惊吓的表情逗笑。

结果五分钟不到，徐阳急匆匆从里面冲出来，表情震惊地对众人说：“你们猜我刚刚看到了什么？”

“什么？”周荔春问。

“窦群和边蓝老师，我刚从窗口那儿看到边蓝上了他的车，关键是窦群还给人披衣服！这是什么鬼发展，我不能接受！”

“关你什么事？”李腾奇怪地问。

“我喜欢边蓝啊！一见钟情知不知道？”

邓柯冷不丁地接一句：“你不是和成伟树在一起吗？”

顿时，空气中弥漫着一股非常古怪的气氛，邓柯不明所以，反应过来也觉得这话不太合适，解释了一句：“我在学校贴吧里看见的。”

然后并没有人搭理他。

成伟树脸红脖子粗，徐阳也不知道是羞耻还是什么，也是一脸难言的样子。

校园贴吧聚集各路妖魔鬼怪，冰球队被拿来配对的可不止他俩，大家之所以这个反应，主要还是徐阳最近又壮了不少，两人站在一起原本反差就大，又都同进同出好到差不多要穿一条裤子。

徐阳生硬地转换话题，摆出一副心灰意冷的死样子，要所有人陪他一起祭奠他未开始就已经逝去的爱情。

两个小时后，周荔春一言难尽地看着聚集在抓娃娃机前的几个少年。她问身边的钱铮：“队长，原来你们男生的快乐来得如此简单吗？”

在机器前你推我我推你，抓不上来还能嘲讽对方一顿。

钱铮笑说：“大家这段时间训练都挺紧，就当放松了。”

周荔春去看何旭，刚好看到他把一个小黄鸭的毛绒玩具抓起来，实力鄙视了一遍投进大把游戏币毫无收获的徐阳。徐阳让他把玩具给自己，他不给。

“你不去试试？”钱铮问。

“我就不要了吧。”周荔春拒绝。

她话刚落，就看见何旭转身朝她招手：“过来。”

周荔春见没人注意，刚往前走了两步，那个黄黄的鸭子就被扔进了她的怀里。

她抬头，何旭一抬下巴：“送你了。”

徐阳在旁边大喊：“何旭！你这区别对待要不要这么明目张胆，我这还疗着伤呢。”

周荔春抓着手里的小东西，顿时失笑。

他们离开商场之后，不知道是谁提议要去附近的游乐场，大家都没什么事，就一起去了。

走到半路，周荔春无意中往旁边看了一眼，突然顿住。

“怎么了？”何旭问。

周荔春指了指那个方向说：“那边那女生像不像楚悦？”

提到楚悦的名字，原本沉默走在边上的邓柯突然回头，皱着眉往周荔春指的方向看过去。

所有人都停下来，成伟树小声说：“是楚悦没错，不过站在她旁边的那个……好像是谢胜啊！”

几个人说着话的时候，邓柯已经抬脚走过去了。

从他们这个方向看，男生一直拉扯着女生的胳膊，一直不停地说着什么，而楚悦明显是不想说话，走了几步又被拦下。

邓柯一走，何旭就立马说：“跟上去！”

一行人走到离楚悦大约十米远的时候，刚好听到楚悦说了一句：“不要再来纠缠我了，我说了我不喜欢你。”

谢胜的表情有些狰狞：“那个邓柯就是个尿货，有什么好值得你喜欢的？”

“那也不用你管！”楚悦还想跑，谢胜伸出来扯她的手被横插进来的一条胳膊挡住了，脸上猝不及防挨了一拳。

楚悦尖叫一声，看到是邓柯，连忙躲到了他身后。

谢胜摸了摸嘴角，咬着牙说：“邓柯！你好样的！”说着就想要扑上来，何旭他们及时赶到，生生拦住了他。

这边的动静不小，谢胜既然在这儿，大概许川他们也隔得不远，果然不到一分钟时间，成信那边的人也赶了过来。

两伙人对峙着。

邓柯开了口：“谢胜，离她远点儿。”

谢胜瞪眼：“我喜欢谁关你屁事！你以为我没打听过？你拒绝了那么多回，现在跑出来充什么英雄好汉？”

“其他人我管不着，但她不行。”

楚悦听到这句话时，猛地抬头看了邓柯一眼，眼睛瞬间就红了。

许川站出来，走到邓柯面前，一脸轻蔑：“邓柯，你既然是我手下败将，就自觉当一条丧家之犬，何必还要找虐呢？”

许川一插手这事就不简单了，华西这边自然不能输阵，几个人往前逼近了两步，何旭则干脆直接站到了邓柯的前面，看着许川。

邓柯突然拍了拍何旭的肩膀，示意他让开。邓柯表情不变，看着许川说：“我输给你不假，但你也不见得就有多强。我输给你，不代表我的队友、我们球队也会一直输给你。大话不要放早了，我们赛场上见真章。”

这是邓柯这么久以来第一次这么坦然地面对对方。

许川似笑非笑：“行啊，那我等着。”

谢胜被许川他们拉走了。

楚悦忐忑地看了一眼邓柯说：“我是不是给你们惹麻烦了？”

“没有。”邓柯说。

钱铮打圆场：“你不用担心，我们跟成信结仇又不是一天两天，你以后见着谢胜绕远点就行。他要是再来，你……你就找邓柯！”

邓柯没有说话，楚悦小心翼翼地看了他一眼，最后轻轻“嗯”了一声。

第七章／我与你相遇，时光正好

| W u F a Z u D a n g A o J i a o D e T a |

没过两天，窦群说给他们报了一个冰球训练营，让所有队员一起参加。

周荔春原本打算跟去的，但因为系里有一个跟着余教授出去外地交流采访的机会，余教授就把这个机会给了她，周荔春答应了。

何旭知道后不太高兴。

“还跨省采访，我们训练都没你跑得这么远。”

当时他正坐在操场的主席台上，刚刚的一节体育课耗费了大量精力，他的头发湿漉漉的，墨黑的眼睛里流露出浓浓不满。

周荔春坐在他的身边，看他那气愤又莫名带点撒娇意味的样子，笑了：“你一直在往前走，我也不能停在原地啊。”

何旭转头看她，周荔春伸手握住了他的手。

周荔春说：“我会每天给你打电话的。”

“嗯。”

“接不到就给你发信息。”

“好。”

“你会回我吗？”

“嗯。”

“你就不能多说两个字？”

“我会。”

何旭那不耐烦的傲娇语气让周荔春失笑，突然觉得恋爱会让人智商变低这种事的感觉还不赖。

出发当天，周荔春的机票时间和何旭的出发时间差不多，所以她就没有去送他。

窦群租的大巴车一早就停在校门口。

大家都很惊讶边蓝老师居然跟着一起来了，就站在窦群的身边，然后大家嫌八卦不够大似的，齐刷刷将目光投向徐阳。

徐阳的表情有些一言难尽。

窦群一脚虚虚地踹过去：“都站在这里干什么，上车啊。”

钱铮说：“等何旭呢。”

“他还没来？”

“嗯，刚打了电话，他没接。”

话音刚落，就远远看见何旭吊儿郎当地背着书包从远处慢悠悠走了过来，明显兴致不高。

上了车，所有人都很兴奋，边蓝还带了自制的糕点，组织大家一起唱歌。何旭一直看着手机，徐阳还不知死活地说：“总感觉小春春这一波亏了，居然没有跟着一起来。”

何旭的脸色顿时就更臭了。

窦群若有所思地看了何旭一眼，走到他旁边的位置坐下，何旭一回头就听见他说：“怎么，女朋友不在，连训练营都没心思参加了是吗？”

何旭先是一愣：“你怎么知道？”

窦群笑得高深莫测：“你们这群臭小子有什么是我不知道的吗？”

何旭无语，往身后看了一眼说：“那你和边蓝老师是怎么回事？”

窦群拍了他一下，笑骂：“我的事用得着你瞎操心？我们这是正经行程，我可提前警告你啊，要是给我心不在焉耽误了训练，体罚是免不了的。”

何旭白了他一眼：“你想多了。”

一路颠颠簸簸坐了好久，徐阳都睡了醒了几轮，到下午五点多的时候，终于到了。

一下车，大伙儿就被眼前的场景惊呆了。

大家想象当中的训练场不说条件和设备是顶尖，但应该也不至于太差。结果临到现场了，才发现真是让人大跌眼镜。

徐阳不敢置信，第一个问：“教练，接下来的一个星期，我们不会就要在这儿度过吧？”

窦群闲闲地撸了一把头发，抬眼：“怎么，有问题？”

所有人瞬间哀号起来，没有想到训练基地的条件居然这么差。

这位置偏僻得连个小超市都没有就算了，连洗澡水都忽冷忽热，七八个人高马大的男生共用一个卫生间，还得排队。

简陋的宿舍里，何旭面无表情地把黑色背包扔在下铺的床上，拎着徐阳的衣领，轻轻松松把他拽到了一边。

徐阳大叫：“何旭，不带你这样儿的！还有没有人性了，说好了我先洗澡的！”

何旭哼笑：“你打得过我再说。”

钱铮在旁边大笑，抢过徐阳手上的毛巾说：“进了这里，力量才是王道。”

“你们这些没人性的！”

平常在一起训练早已经熟得不能再熟的几个少年都是第一次体验这样的集体生活，结果住进来的第一天就为了洗澡和抢被子这种事在宿舍里闹成一团。

过了半天，何旭手机响了。

刚好压在他身上的徐阳往他手机上看了一眼，问：“谁啊？”

何旭立马把手机翻过来盖上，推了推压在身上的人：“起开。”然后在一群队友挤眉弄眼的起哄中，拿着手机出门。

电话当然是周荔春打来的。

她那边比冰球队这边好太多，行程安排不是特别紧，但是跟着教授出来她丝毫不敢放松，即使是一次体验，也一直在观摩和学习。

才接通，她就听到了他的喘息声。

周荔春莫名耳热，小声问他：“在训练吗？”

“没有。”何旭应了一声，然后周荔春听到了脚步声，他应该是出门了，“刚刚和钱铮他们抢被子。”

周荔春失笑，能想象到他和队友笑闹的样子。

两人东拉西扯了半天，何旭说得比较多，居住环境，训练流程。他虽然嘴上抱怨着说自己洁癖都快被治好了，但周荔春知道他虽然家境优越但也并不奢侈，这样和队友一起的集训生活，对他来说，是新鲜也有意义的体验。

两人腻腻歪歪半天也没有挂电话。

“你想我吗？”最后，何旭靠在墙上突然低声问她。

周荔春红脸，但很老实承认：“嗯，想了。”

“我也很想你。”

结束通话，何旭回了宿舍，推门进去就见队友们排排坐在床沿边，全体似笑非笑地看着他。

“干吗？”他问。

徐阳冲他挑眉，捏着嗓子学女声：“哎哟，想你哦。肉不肉麻啊你们。”

何旭关门的动作一顿，但是也没有露出惊讶的表情。

钱铮说：“是荔春吧，就说你今天状态一直不对，和我们队女神在一起了居然还瞒着我们。”

何旭倒是坦诚：“刚在一起，你们怎么猜到的？”

“这有什么难，大家天天在一起，早就觉得不对了，只是你们不说，我们当然也就不好捅破了。”

何旭想起之前周荔春死活非要瞒着别人的样子，笑了，对队友说："你们的嘴巴紧一点，不要在她面前说什么，她脸皮薄不好意思。"

一片酸到掉牙的抽气声。

徐阳叹气："护了这么久的白菜还是被拱了，不过看在是肥水不流外人田的份上，我们就不说什么了。"

这次集训是多个大学冰球队一起组织的，其中也包括成信等多个在大学生冰球联赛当中成绩亮眼的学校。总教练是国家的现役队员，叫段越，非常非常严格。

如果说窦群给人的感觉是明面上不靠谱，但是自有一套有效的训练方式。那么段越一看就是专业运动员，严谨、执行力强。

正式训练的第一天就实行车轮战。

成信始终保持第一，华西表现虽然不是最突出的，但是因为配合到位，一直也排在前列。何旭作为中锋的主力队员，表现非常扎眼。

训练结束后，段越单独留下他，给他讲了一下训练技巧。

所谓枪打出头鸟，又有成信的人在，他难免被人针对了。

如果放在几个月以前，成信是完全没把他们放在眼里的，但是经过一场比赛也看到了华西队目前的状态，心里也没有那么十拿九稳地认为自己还能完胜。

一开始两天大家都正常训练，除了何旭有两回走在路上，被谢胜那伙人故意撞了肩膀，挑衅意味很明显。

而让这两个队伍的关系直接恶化的起因是，段越给何旭单独开小灶，在段越看来，何旭这样天赋型的选手可遇不可求，于是一边严格要求一边又很惜才。

后果嘛，何旭处处被人找麻烦。

徐阳气得不行：“这都是些什么人啊？”

“别管。”何旭难得压下脾气，“上了场，输赢说话。”

第三天的训练中，华西终于对上成信。

成信一直压着何旭打，故意专门盯他。邓柯虽然克服了心理障碍，但就算配合着李腾，打得也比较吃力。

进行到第二场，华西改变战术，全队配合何旭，给他创造一切能进球的机会，并从战术上主力压着谢胜和许川，效果显著。但是何旭第二次带球过人的时候，谢胜从斜上方切进来犯规故意撞倒他，惯性让他一下子失去平衡，滑出去撞到了另外的队员，而后重重摔倒在地，锋利的冰刃瞬间划破胳膊。

有汩汩鲜红立马涌了出来。

所有人都被这突如其来的变故惊呆了，手忙脚乱地围了上来。

谢胜也惊愣住，他并没想到会这么严重，但看到不是什么要害部位，又无所谓地耸了耸肩装出一副无辜的样子。

他这故意又无赖的样子一下子激怒了华西队，徐阳红着眼挥着拳头就要往上冲。

“住手！”窦群及时制止。

队友们愤愤不平指责谢胜是故意为之，成信那边也嚷嚷是正常事故。

何旭一只手捂着胳膊上的伤站起来，盯着谢胜，冷笑着吐出两个字："傻子。"

谢胜面红耳赤地朝他冲撞过来，被他的队友拉住。

周荔春得知何旭被划伤已经是一天后，当时她刚刚回到学校。

徐阳在电话里说得好严重的样子，让周荔春一下子想到之前看过的一篇冰球教练被冰刃割喉丧命的新闻，一颗心顿时如坠冰窖，东西往宿舍一扔，买了车票直接奔去何旭所在的医院。

车窗外阳光甚好，花红柳绿明媚温暖，她将头抵在窗玻璃上，依靠玻璃的凉意让自己平静，一颗心像是沉浸在黑夜里，不安、恐惧。

她在车上翻看昨天晚上两人一如往常互道晚安的消息。

当时他居然还有心情和她说队友坏话，说徐阳睡觉打呼噜、谁谁磨牙等鸡毛蒜皮的小事。那个时候他应该正在医院呢，居然一点也没有露出破绽。

周荔春一边生气，一边又忍不住着急。

到目的地的时候，是下午三点。

一路狂奔到了病房门口，她直接伸手推开门。

病房里挤满了人，全体队员包括窦群和边蓝都在，听见开门声，齐刷刷地朝门口看过来。

一看这么多人在，周荔春以为何旭伤得很严重，瞬间腿软，想过去又迈不动。

病床被人挡住了，她看不见他现在到底怎样。

喉咙又干又哑，半天才找回自己的声音，她开口就颤："他怎么样了？"

何旭被围着关心得要崩溃了，一听是她的声音，一把扔了手上的杂志，拨开面前的人看向门口。这一看就急了，女孩儿也不知是冻的还是害怕，脸色苍白，鼻尖红红的，可怜兮兮地站在门口。

他冷着眉眼扫过屋里的人，意思很明显："是谁告诉她的？"

一个两个避开他的目光，甚至还有点幸灾乐祸的意思。

窦群倒是挺开窍的，一拍巴掌，冲队员们道："行了行了，别给我找借口偷懒！既然没什么大事，全都给我回去训练去！"

一个两个急慌慌地扔了手上的东西就往外走。

边蓝走在最后，和周荔春擦身而过的时候笑着小声安慰她："他没事，不用太担心。"

按理说，要是放在平常，周荔春一早就察觉出大家态度不太对了，但是她现在一门心思放在何旭身上，别人说什么根本就没多想。

这是间豪华单人病房，空气里有淡淡的花香，温度舒适，有明亮的窗和小碎花窗帘，何旭靠在床头，除了吊着一只胳膊，看起来和平常没什么两样。

"过来。"何旭举起完好的那只手朝她招了招。

周荔春慢慢挪到他的床边，确认他的确没什么大事之后，才陡然把一口气松了下来。

她伸手碰了碰他胳膊上的绷带，心疼地问："疼吗？"

"没事，小伤。"何旭抓住她冰凉的手，心里紧了紧。

这点伤对他来说根本不足挂齿，而且冰球这种对抗性强的冰上运动受伤也算家常便饭，也就教练和那几个家伙紧张得要死非要让他住院观察。

看着周荔春红红的眼眶，他把那个走漏消息还不把真实情况说清楚的家伙骂了一遍。

想起她之前还把那篇冰刀割喉的报道特地发给过自己，知道她肯定被吓得不轻。

指尖划过她的眼尾，他轻笑："我很开心。"

周荔春不解："受伤了有什么好开心的？"

"你这么紧张我，我难道不该开心？"

周荔春一哽，白他一眼，一路提着的心稍稍放下来。

好在何旭只是皮外伤，休养几天就没事了，只是耽误了几天训练。

得知和何旭的恋情早已经曝光的时候，周荔春还有些不好意思，不过大家也就口头上调侃两句，周荔春也就光明正大地留在这里照顾何旭。

这次是做何旭的专职后勤，她耐心十足，有求必应。

训练结束队友来看何旭，没五分钟就开始吐槽他："何旭，你是手受伤了不是残废了好吗？"

吃饭穿衣宛如个废人，连喝个粥都要周荔春喂到嘴边。

何旭冷笑："有本事你残废个看看，看有没有人照顾你。"

徐阳被气得心梗，转头就对着周荔春说："小春春，别惯他！你再这么好说话，将来还指不定被这祸害欺负成什么样呢？”

“他伤的是手，不方便。”周荔春说。

何旭失笑，转头就对徐阳说：“听到没，再挑拨我俩感情，就爬出去！”

徐阳痛心疾首：“小春春，你怎么也是我们华西冰球队的队花，当初多少男的来打听我都给你挡回去了，没想到到头来还是落到了何旭这臭不要脸的人手里。”

何旭一个眼神过去：“哦？哪些男的，回头记得给我写个名单。”

病房里笑成一团，周荔春被他们说得不太好意思，还被何旭扯着不让走。

基于何旭受伤，周荔春在何旭面前前所未有地乖，基本上何旭说什么就是什么。所有人都以为和何旭在一起后，周荔春就要朝着小白兔的方向前进了。

结果……

何旭出院的前一天，他受伤的这件事终于有了结论。

“道个歉就完了？意思不就是不了了之喽？”李腾说。

窦群一边抽着烟一边说：“虽然我们都知道是谢胜违规，但当时那地方是个死角，没法证明他是故意的。”

何旭从头到尾都没有说话，垂着头兀自翻转手机。

大家纷纷鸣不平，窦群说：“我知道你们都气不过，但这件事只能这样处理。”

周荔春抿了抿唇，看了看何旭，没有发表意见。

直到谢胜到来。

是成信的教练带着他一起来的，他嘴里嚼着口香糖，插着兜懒懒散散地跟在教练身后，站在病床前不咸不淡地说："不好意思。"

何旭连眼皮都没抬。

成信的教练虚虚踹了他一脚："好好说。"

谢胜勾起一抹邪恶的笑，刻意拉长音调："对不起，让你受伤了。"

何旭终于抬眼，正准备说什么，周荔春却先他一步开了口："这就是你和人道歉的态度？"

从窦群说这件事没有一个处理结果的时候，她憋着的那股气算是彻底爆发了："谢胜是吧？我给你一刀，再轻描淡写地和你说声对不起，行吗？"

谢胜瞪眼："你是谁啊！要你多管……"

"我是谁？"周荔春努力把自己绷直，在人高马大的谢胜面前也不输气势，"我是冰球队后勤，也是何旭女朋友！你故意违规伤害他人，懂不懂什么叫竞技精神？你们成信冰球队实力怎样我不管，但我男朋友被你这种人渣伤害，简直是侮辱他！有种别暗地里使手段啊，明面上战一把，你有胆子吗？"

谢胜被堵得脸色涨红，一屋子人目瞪口呆地看着言辞激烈的周荔春，一时没接受小绵羊的变身。

何旭挑了挑眉，颇意外地看着自己的女朋友。

成信的教练忙调解："同学，有话好好说。"

"好好说？"周荔春冷笑，"出事之前你们怎么不好好说，做这种背后阴人的龌龊事，这就是成信的运动精神？”

从之前许川对邓柯，到现在的谢胜对何旭，成信一直以来实力是很强没有错，但周荔春始终认为他们的训练方式是有问题的。

每每想起冰刀伤人的事故，她都觉得脊背发凉。

成信的教练气得不轻，顾着体面不好对周荔春发难，转头冲着窦群冷嘲热讽：“窦教练，你们冰球队的嘴皮子可比技术厉害啊。”

窦群不咸不淡地接：“承蒙夸奖。”

成信的教练被噎得脸红脖子粗。

“我不接受道歉。”一直冷眼看着的何旭突然开口，伸出没受伤的手将周荔春拉至自己身后，连看都不愿意多看成信那边一眼，直接赶人，“到时候冰场上见吧。”

成信的教练瞪了他们一眼，带着人甩手离开。

华西的队友们也陆续离开，周荔春有种吵完架后的疲惫感，偷偷吁了口气，一抬头，何旭正似笑非笑地盯着她。

“我是不是闯祸了？”她心里惶惶，刚才的硬气一下子全卸了，此时的她像只被雨淋过的兔子，没精打采的。

何旭一挑眉，捏着她的手轻笑：“怕什么？闯祸了也有我给你兜着。”

周荔春张了张嘴巴，讪讪道：“真闯祸了啊？那我自己去和教练说清楚吧。”

她说着就要站起来，被何旭一个用力拉回去坐在了他怀里。

周荔春急了：“你干什么？你还伤着呢？”

“别动。”何旭的下巴磕在她的肩膀上，感受到来自她身体的僵硬，笑了，“不用解释，窦群看成信那个教练不爽很久了，指不定偷着乐呢。”

“真的？”

“假的。”

“你……”

周荔春接下来的话在一个转头后被何旭直接用嘴堵住了，他轻轻碰了碰然后退开，抵着她的额头微微喟叹：“周荔春，你怎么这么招人稀罕呢？”

这家伙就不是个擅长吵架的，当初在冰球队被一众女生围堵也不知道说什么。看她挡在他面前像母鸡护着小鸡的样子，感觉新鲜之余也让他觉得感动。

他居然也有被人这么保护的一天。

周荔春的脸爆红，动了动，然后又被他箍紧。

全国大学生冰球联赛终于在训练营结束后的第二个星期正式打响，何旭年轻体质好，伤口恢复也很快，早就已经投入紧张的训练中。

华西这半年虽然风波不断，训练成果显著，但是和成信的实力之间还是有不小的悬殊。

临近比赛的前几天，楚悦组织啦啦队开始制作横幅和宣传海报，周荔春作为球队后勤也帮了不少忙，这期间算和楚悦真正熟悉起来。

为了赶宣传品的进度，周荔春也拉上了宿舍的舍友。

她们一有时间就扎在宿舍里画宣传册。

于新瑶拍着桌子惊呼："四儿，你红了！"

"什么红了？"周荔春一头雾水。

曾月赶紧凑过去看热闹。

周荔春和何旭在一起的照片被人发到了贴吧里，两个人一起在图书馆看书、一起在食堂吃饭、牵手走在操场，亲亲密密撒了一路狗粮。

下面跟帖的人巨多，帖子发出不到半天，楼就盖了一千多层。

当然，酸的居多。

"我去，这不是刘云溪的前男友吗？他旁边是谁啊？新女友？"

"我看长得也就那样。"

"见识过云溪女神的神颜之后，要是我肯定接受不了这种普通的女生，顶多就还算顺眼吧，没法比。"

……

周荔春随手翻了翻。

其实说得最难听的也就那么几个号，特意点进去，虽然比不上刘云溪微博那么大的粉丝基数，但也都是粉丝上千的号，认证信息还有美妆博主什么的小网红。

曾月、于新瑶她们跟着搜了半天气得不轻。

"这几个号的女生都是刘云溪的闺蜜吧，节奏带得真是够恶心的。"

于新瑶在电脑上噼里啪啦一阵敲，嘴上说："现在就注册小号怼她们去，就四儿的成绩单要是拎出来，分分钟甩她们一脸好嘛。"

周荔春失笑，放下手机说："不用管，这种消息传两天就消停了。"

她没有放在心上，继续忙着手头上的事情去了。

比赛前的训练特别紧，周荔春能做的事情有限，只能说尽力不让他们被冰场上以外的事情打扰。

比赛前一天，华西冰球队和邻近一所大学有场友谊赛，结果最近在网上掀起讨论热潮的何旭前女友刘云溪也来看比赛了。

当时周荔春正在后台清点道具数量，隐约听见门外有谈论声。

“你来干什么？”是何旭不耐烦的声音。

“最近网上的消息你看了吗？听说你谈恋爱了？”

何旭嗤笑：“我谈不谈恋爱跟你有关系？”

“何旭，你拉黑我，消息不回，我知道我当时不支持你打冰球你很生气，如果你是为了这个报复我……”

“刘云溪。”何旭无所谓地笑，“网上那些乌烟瘴气的事不说不代表我不知道，分了就是分了，你不该找到这里来。”

“她就那么好？比我更好吗？”

何旭皱了皱眉，觉得这问题无聊透顶，好不好用得着跟你说？

他说：“是啊，很好。”

刘云溪受伤地看了他一眼，眼里蓄着泪：“何旭，我也不是找不着男朋友，不是非得死皮赖脸求着你。你那个女朋友也就那样，我还真……”

“刘云溪。”何旭皱着眉打断她，脸色不太好，“既然早结束了我也不想多说。不过我女朋友不需要别人评价，你非要跑来撕破脸我也不介意。”

……

一直隔着一道门站着的周荔春最后还是没有拉开门走出去，说不介意其实是自欺欺人的，听到刘云溪声音的那一刻，她一颗心就乱了。

不过听到最后，她又觉得感动。

额前传来微凉的触感。

她嗖地睁开眼睛，然后看到了何旭那张放大的俊脸。

她张口结舌：“你……你什么时候站在这儿的？”

何旭笑着反问她：“你什么时候也学会偷听了？”

“我比你们先来好不好！是你们自己声音太大，我是光明正大地听。”

何旭笑，屈起食指弹了一下她的额头。

周荔春摸了摸微疼的位置，瞪他。

“吃醋了？”

“我才没有！”

何旭也不和她争辩，捏了捏她的脸说：“你要是有任何疑问都可以直接问我，你不说，我很多时候是猜不明白的，这样很容易出问题知道吗？”

周荔春呆呆地点头。

她觉得眼前这个何旭一点儿也不像之前的何旭，要知道何大爷是多么散漫傲娇的一个人，让他耐下心来和女朋友说这些真是天方夜谭。

冰球带给他的改变，太多了。

他承担起了冰球主力这样一个位置，带着队友在冰上厮杀，把所有人拧成一股绳。这种改变也间接延伸到了他们的感情里。

何旭以为她还在介意，主动说：“网上的东西都乱七八糟的你不用看也不用管，任何时候看着我就好了，我才是最真实的。”

周荔春的鼻子酸酸的，认真地点了点头。

今年大学生冰球联赛地点就在 C 城。

成信依然像往年一样是冠军的热门人选，华西凭借之前几个月在各大赛事上的亮眼表现也颇被看好，虽然一直落后成信，但也算是排得上号的队伍了。

比赛是抽签制。

窦群说：“看来我们在预选赛上就得和成信的人碰上。”

周荔春皱眉，徐阳说：“碰上就碰上，怕他们不成！”

窦群给大家鼓气：“我知道你们因为之前的很多事始终在心里憋了一口气，现在机会来了，战胜敌人得先战胜自己，加油吧！”

今年还是有不少强队角逐冠军，虽然华西最近势头一直很猛堪称黑马，但是对上成信，大多数人也只能唏嘘一句时运不济。

果然两场比赛后，成信和华西对垒。

赛场内呐喊声震天响，这和华西刚成立冰球队那稀稀拉拉的几十来个观众完全不能比，虽然华西处在劣势，但无论是上场的队员还是观众，气势上可是一点没输。

这也多亏了比赛前楚悦一直没停地做赛前应援品和招揽啦啦队。

周荔春站在一旁，清晰地看见邓柯不时往观众席扫过去的目光，所到之处，正是楚悦的位置。

万年冰山似乎有被感化的迹象。

周荔春看过去的时候，刚好撞上何旭看过来的视线。

她冲他笑了笑，无声说了句：“加油。”

他扬了扬眉，嘴角一勾，笑了，自信飞扬。

比赛正式开始后，所有人都很激动。

大部分人预测的华西被血虐的场面并没有发生，成信不知道是状态不佳还是轻敌，接连让何旭、邓柯和李腾等拿到进球机会，华西轻轻松松拿下了第一局。

全场哗然。

周荔春并不觉得惊讶，她见过这群少年训练到半夜顶着星辰回去的背影，见过他们咬牙负重各种训练的场面，见过他们团结一心默契配合的时刻，现在他们打出什么样的成绩，她都不会感到意外。

毕竟世上哪来那么多奇迹。

场上穿戴着厚重护盔的少年们从四处如雪花一般聚拥在一起，像一团拥抱的雪球拥有无限的力量，观众席瞬间沸腾了。

中场休息的时候，周荔春给他们每个人准备了补充体力的饮料和毛巾等。

窦群集中队员打气，同时勉力道：“比赛没结束之前，一切都是未知。大家不要轻敌，成信的实力还没有发挥，接下来的两场才是硬仗。”

果不其然，第二场成信显然是回过神了，每一个位置都咬得很紧。

第二局打得吃力，比分虽一直紧咬，但还是遗憾败给了成信。

何旭搭着毛巾坐在休息椅上，神色平静，直到注意到了表情不太对的李腾。

“怎么回事？”何旭问。

李腾时不时揉着自己的膝盖，虽然极力掩饰，但也能从细微的表情里窥见一丝难掩的痛苦，甚至额头上有细密的冷汗。

听到何旭的声音，所有人朝李腾看了过去。

李腾轻松笑了笑，说：“没事。”

何旭压根不信，李腾有旧伤的事队里都知道，不过具体严重到什么程度，也就钱铮他们几个老队员晓得。

何旭抬头对窦群说：“找人替他。”

窦群想了想，同意了。

李腾着急忙慌地站起来：“没事，我可以坚持的！”

“坚持什么坚持，这事开不得玩笑。”窦群难得严肃地拒绝了李腾的要求。

李腾急了：“我真的可以！第三场是胜负关键，我不能被换下来！”

众人一时无语，他说的是事实。李腾一向以速度取胜，队里无人可比，一旦替换，这个缺口根本就没有人能够顶上。

在李腾执意的坚持下，窦群思量许久还是让他上场了。

现在双方比分是一比一平，这意味着最后这一场，华西必须达到比前面两场更好的状态和成绩，才有可能赢下比赛。

上了场，何旭和邓柯他们都有意无意护着李腾，避免被人冲撞。

五分钟不到，成信看出了他们的顾忌，都朝着李腾那边冲去，试图打出一个缺口。

成信队长许川一直是由邓柯压制，两人针锋相对半天，许川出其不意绕过邓柯，快速滑行冲向球门。

李腾立马提速试图赶超。

眼见球杆已经碰上了球，却因许川一个突然转身，李腾刹车不及，直接大力撞向球场边缘，发出巨大的冲撞声，李腾抱着膝盖倒在冰面，神色痛苦。

“李腾！”所有人朝他围拢了过去。

何旭心里猛地一沉。

李腾被快速送上担架，送去紧急处理，但是场上的比赛还在继续。

失去李腾的华西队虽然全力拼搏，依然以不小的比分败北。

李腾旧伤复发，短时间内无法行走，更不要说返回冰场。

医院的走廊里，医生皱着眉训斥：“简直是胡闹！他原本就有旧伤，长时间的高强度训练本就不合适，又遭受这么强烈的撞击，是要等到真废了才安心吗！”

少年们齐齐垂着头坐在长椅上，一言不发。

成伟树和几个队员眼眶通红。

窦群问：“他……以后还能比赛吗？”

所有人都抬起头，眼带希冀地看向医生。

医生表情很严肃，说："以后说不定，但短时间内肯定不行，他需要充分的休息。"

从医院出来，何旭一直低着头走路，看不到他的表情，但是周荔春从握在一起的手中能明显感觉到他异于寻常的热度和力量。

她找不到话语来安慰，只是默默牵着他的手陪着他走。

夜色里，何旭的声音闷闷："如果我当时坚持不让他上场……"

周荔春拽紧了他的手，邓柯拍了拍他的肩膀说："不关你的事，没有人会预料到这个结果的。"

钱铮跟着说："是啊，能上场是李腾最开心的事情了吧。"

窦群拍了拍手道："都打起精神来！今年的联赛才刚刚开始，你们后面还有很多场比赛，所有流汗流泪的付出都是必须在赛场上赢回来的理由！你们甘心就这样认输？甘心让李腾就这样暗淡退场？"

没有气壮山河的怒吼豪言壮语和赌咒发誓，甚至看不清这些低垂着的脸上到底是什么表情，但是周荔春知道，他们不会甘心服输的！

当晚，何旭没有去食堂吃饭，周荔春给他送了去，在训练场却没有发现他的踪影。

"在哪儿呢？"她给他发消息。

"操场。"

她拎着饭盒走到操场，就看到头发湿透了的少年往后撑着手臂，抬头看着夜空。周荔春走到他身边坐下，问：“还在想李腾的事？”

何旭保持着之前的姿态一动不动，轻轻“嗯”了一声。

周荔春抿抿唇：“当时那种情况，我相信换成是你，也一定会选择坚持上场的。”

那种只要上场就再也不想下来的冰球的魅力，只有站上场的人才能体会。

何旭偏头看她一眼，伸手揉了揉她的头发，轻轻笑了笑。

周荔春下巴磕在膝盖上，偏头看着他，说：“何旭，你还记得之前你和他们玩闹时说梦想是带着队友在冰场上走得更远，走出学校走向全国全世界吗？我始终记得你当时的样子，那么自信那么闪闪发光，我一直在等着你实现那些梦想。”

“这么相信我？”他笑。

周荔春认真地点了点头，随后从衣服兜里摸出一颗糖果。

透明的包装，小小一颗躺在她的掌中心。她笑着说：“这是一颗很神奇的糖果，可以实现你一个免费的愿望，你要试试吗？”

何旭失笑：“哪来这么多稀奇古怪的招数？”

“那你到底要不要试？”

何旭捏了捏她的脸道：“我从来都不会把成败寄托于奇迹和运气。”

周荔春一哂，就要往回缩。

何旭抓住了她的手腕，低声道：“不过我现在倒是有一个愿望？你要帮我实现吗？”

“什么？”

“闭上眼睛。”

周荔春不明所以，但还是依照他说的闭上了眼睛，黑暗里，额头传来温热的触感，她听见何旭近在咫尺的声音，他说：“谢谢你，荔春。”

周荔春心尖一颤，睁开眼睛，撞进了他如夜幕般深沉的眼眸里，那里面有颗星星，是她。

她第一次感激这世间的缘分和际遇，让她能够在这茫茫人海里和这样一个少年相遇。

时光正好，不早一分，也不曾晚一秒。

第八章 / 让你见识见识你男朋友在冰场以外的魅力

| W u F a Z u D a n g A o J i a o D e T a |

李腾的意外，虽然让大家的信心有些松动，但是全队不管是老队员还是新队员没有一个人抱怨或者松懈，每天练习照旧，只会自己给自己加训练时间，咬着牙坚持。

但是没想到这件事情远远没有结束。

大家伙儿约好去探望李腾的时候，才得知李腾被他父母连夜转院，问到窦群那儿，才得知，原本就反对李腾重回冰场的父母，这次听闻他旧伤复发，铁了心要他离开。

李腾家世并不简单，父母早已为他铺好了另一条路。

他家里为他办理了暂时的休学，也联系不到李腾，大家情绪越发低沉，压抑的气氛萦绕了好几天，后续的几场比赛成绩也不是很理想。

那天中午吃饭的时候，成伟树小声问："我们会解散吗？"

没有人说话。

过了半晌。

"不会。"何旭说。

周荔春有些受不了这样的气氛，匆匆离开。

何旭找到她的时候，她正抱着膝盖坐在训练场外边的石阶上。

“干吗呢？”何旭问她。

她蔫蔫地说：“思考人生。”

何旭拨乱了她的头发，在她身边坐下。

周荔春语带担忧，转头看着何旭说：“你说李腾还会回来吗？”

“我不知道。”

何旭语气放松，看着前面林荫道上的大树干：“不论李腾还会不会回来，我们都得带着他的这一份期望继续往前走。”

周荔春没来由地相信他，他说冰球队不会解散那就一定不会解散。

训练还在继续，生活还是日复一日地往前走，昨天和今天并没有什么不同。

窦群骂起人来一如既往毒舌苛刻，何旭倒是很少和他顶嘴了，谁要是不认真训练，他能跟着一块骂。

有人问：“缺了一个主力队员，我们真的能行吗？”

“为什么不行？”何旭反问，“这个世界少了谁就不转了是吗？李腾受伤没办法上场比赛，我们要做的就是带着他一起站上荣誉的奖台。”

何旭说完，不少人都露出若有所思的表情。

邓柯他们几个则是开始默不作声地加紧训练，如此，队里的气氛终于回暖，大家的斗志也逐渐被再次点燃。

结果不到一个星期，那天周五。

大家都热火朝天地训练的时候，门口突然出现了拄着拐杖腿上打着石膏的李腾，少年扬着嘴角微微笑着，说："兄弟们，我回来了。"

所有人都惊呆了，钱铮最先反应过来，然后所有人一拥而上。

钱铮护鸡崽一般护着，喊："哎哎！你们轻点，他脚还没好呢。"

徐阳说："你小子跑什么地方去了，给你打电话都不接？"

李腾无奈："手机被我妈没收了。"

何旭跟着问了一句："那你是怎么回来的？"

李腾差不多说了一部富家小少爷逃家历险记，他被关在家里偷跑了两回，都被逮回去了。好在他妈看他如此为冰球着迷，在他反复保证不再逞强后，还是默许了。

李腾笑："在我还没有加入冰球队之前，以为人生也就这样了，照着父母安排的路走。但是经过这几个月和你们一起训练，我才明白，站在赛场上的李腾才是完整的，有血有肉的。命运得握在自己手里，才不枉来这人间一趟。"

说得慷慨热血，可是徐阳居然捂着胸口痛心疾首吐槽："你什么时候一不小心变成哲学家了？"

但是大家是打心底里为他开心，也为他的回归感到开心。

虽然李腾暂时不能上场，他在大家训练的时候也没忘跟队员讲述速滑的技巧，冰球队找回了之前的状态，如虎狼之师，一路从预选赛打到了半决赛，已经让人觉得是个奇迹。

他们在半决赛的最后一场险胜，一举挺进了决赛。

这在联赛场上史无前例，轰动一时。

整个圈子都震惊了，所有人纷纷猜测，这个成立时间也就半年之久的队伍，最终能够走到哪儿。

进入决赛的一共有四所大学，除了华西今年让人跌破眼镜，和另外两所实力不容小觑的队伍之外，成信依旧稳稳地排在了总分第一。

决赛日期定在两个星期后。

为庆祝李腾伤好回归，还有大家冲进了决赛，窦群请他们去 KTV 唱歌。

徐阳是个麦霸，进了包厢就抱着麦克风不撒手，鬼哭狼嚎得让人恨不得把耳朵堵上。男生们点了一打啤酒，周荔春刚把杯子倒满就被何旭端走，然后把她撵去和李腾一起喝饮料。

……

后面来的，就是邓柯和楚悦。

邓柯铁树开花，最终还是被攻陷了，惹来满室的调侃声。这段锲而不舍的爱情终于开始生根发芽。

最后连迟到的窦群都带着边蓝一起来了。

大群单身狗发出绝望的号叫，徐阳把麦克风摔在沙发上，端着一杯啤酒一饮而尽，愤愤：“这晚上是过不下去了。”

窦群好笑地用脚踢了踢他。

大家都挺开心的，喝到半途的时候周荔春去看何旭。

他还是那副懒散的样子斜靠在沙发上，眼神清明，看不出丝毫饮酒的痕迹。

“你醉了？”她凑近了问他。

“没有。”

被他定定地盯着，周荔春心下一跳。

刚好有人在喊她上去唱一首，周荔春笑着推诿：“不了吧，我唱歌一般。”

“怕什么呀，来一首嘛，队花怎么能不来一首呢？”

周荔春去看何旭，他笑着推推她：“去吧，随便唱什么，我被胖子吼得已经想要去洗耳朵了。”

徐阳在旁边大吼：“何旭，我可听见了啊！”

周荔春失笑，依言接过他们递来的话筒，点了一首《身后》。

……

我喜欢看你孩子般走在前头

像第一次发现世界的探索 告诉我 鲜艳的颜色好多

……

周荔春一开口，整个包厢静了那么一瞬间，徐阳喃喃：“我说何旭，你这是走了什么大运了，这么好的宝贝居然就落你手里了。”

何旭冷冷地吐了一个字：“滚。”

他认真看着不远处的女朋友，她坐在高脚凳子上，穿一身宽松的纯白色休闲装，淡淡的，声音干净美好。

周荔春被何旭的目光盯得有些受不住，笑着移开了视线，接着唱——

能不能答应我

临别时候或许你就先走

徒留感伤就请你留给我

让我面对你往后的寂寞

能不能答应我

分开时候放心回头看我

让我明白牵挂着你的手

松开后才能拭去泪向你告别

挥手

……

一首歌结束，众人热烈鼓掌嗷嗷叫唤，周荔春扔了话筒红着脸快速坐回何旭身边。

钱铮隔着几个人弯腰调侃：“荔春，你唱歌居然这么好，都可以直接去参加选秀了。”

“啊？我就瞎唱的，之前嘶……”

周荔春剩下的话被何旭突然握紧的力度打断了。

“你干吗？”

他什么也没干，就一只手牢牢圈在她的腰间，另一只手把玩着她纤细的手指。面对周遭调侃的视线，周荔春脸烧得慌。

她挣了挣，没有挣脱开。

“放开我。”她小声说。

“不放。”

周荔春小心翼翼抬头去看他，发现他眼神专注，亮如辰星。

她瞬间有点恍然：“何旭，你醉了吧？”

“我没醉。”

……

事实是，何旭真的喝多了，但还不至于到醉的地步，就是占有欲变得超级强，一路上拉着周荔春不放手。

稍稍挣扎，他就瞪她。

周荔春哭笑不得。

散场的时候已经有些晚了，周荔春不让他送，想让他早点回去休息。钱铮也随口接话：“就是，荔春反正是回学校，就和我们一起。”

何旭冷哼：“我自己的人自己送。”

“你闭嘴。”周荔春说。

这还是她第一次面对喝多了的何旭，跟不讲理的小孩子一样，她只好转头让钱铮他们先走，也不打算让何旭送自己，叫了车，决定先把他弄回去。

酒的后劲还没有完全上来，她生怕越到后面越招架不住，到时候他非要睡大街上，她都怀疑自己拿他没辙。

“你跟我一起回去？”

出租车里，何旭第三次向她确认。

“是，能不能别问了。”周荔春红着脸拍他，司机都转头看了他俩好几眼了。

何旭仰靠在椅背上，修长有力的手搭在眼睛上，扬着嘴角吃吃笑。

周荔春知道他在笑什么，尴尬得要命。

她带点儿气闷地拍他，但是落下去的力道又轻又柔，被何旭反手抓住，十指相扣。

他的头靠在她的脖颈边，温热的气息带着淡淡的酒香味扑面而来，臊得周荔春脸色绯红。他还不依不饶地在她耳边低声说："宝贝儿，你是对我太有信心还是太没有防备？"

"闭嘴！"周荔春急了，红着脸推他。

何旭看她羞得不行，轻笑了声，总算放过她，让司机掉头，先把周荔春送回了学校。

周荔春最近很忙，学校年终晚会开始筹备，她应朋友的要求去帮忙，同时还得兼顾新闻中心的一些琐事。

而何旭在百忙的训练中，保持了一天十条信息发给她，控诉她冷落了男朋友。

周荔春回了他一个小人烦躁抓头发的表情包，顺便说："是不是生活太平静，你变着法地想找我吵架啊？"

何旭回了个挠猫下巴的图。

两人虽然不是每时每刻都黏在一起，但是有空了都会发消息。

当周荔春在看到晚会男主持名单里赫然有何旭这个名字的时候，一时间还以为是重名。

“你主持？”她惊讶。

何旭失笑：“我为什么不能？”

何旭普通话很标准，形象也好，又是校园话题人物，只是，让周荔春惊讶的是以何少爷这散漫骄傲的性子，他为什么会答应这个邀约。

他终于承认：“好吧，我觉得该让你见识见识你男朋友除了冰场上以外的魅力。”

周荔春无语，想说不用了，您魅力无人能匹敌。

晚会正式开始那天，周荔春从朋友那儿借来了学生会的工作证，偷偷去了后台。

刚进去，她一眼就看到了靠在桌子上熟悉台本的何旭。

那还是她第一次见他穿正装。

何旭的私服大多都是运动装，要不就是潮牌，现如今一身西装领带的精英范儿，整个人的气质都发生了变化。

精心打理过的头发，交叠着的长腿，拿着笔勾画的好看的手指，脸颊的轮廓。

怎么能这么好看。

她一时间都看得愣住了，直到肩膀被人拍了一巴掌，是曾月。

曾月促狭地一挤眼，笑她：“都老夫老妻了，还犯花痴呢？”

“你难道不觉得他很好吗？”

“嗯，是挺好看的。”

“对吧，简直是上天厚待。”

曾月一脸受不了她的样子，这才想起来找她的目的：“我们在第二排给你留了座位，完事了过来啊。”

“好，知道了。”

何旭像是有所感应一样，在周荔春刚应答完的时候，抬头对上她的视线。

“来这儿干吗？”

“男朋友你很帅啊。”

两个人同时开口，然后双双笑了。

晚会正式开始了。

舞台的灯光下，两个男主持搭档两个女主持，每每轮到何旭的时候欢呼声总要比其他人高一些。哪怕已经成了男女朋友，周荔春也发现身处人群中，她的眼里心里只能装得下他一个身影。

这一年的晚会，不少人评价是历届晚会中最精彩的一届。

可是令周荔春大跌眼镜的还不止何旭，当她看到冰球队全体成员一个个轮番出现在各种节目中的时候，真有种重新认识了一遍的新鲜刺激感。钱铮表演了一场精彩的魔术；邓柯低沉着嗓子唱了一首情歌；最意外的是李腾，跳了场炫酷的街舞……周荔春下巴都要惊掉了，没想到这些个在冰场上打打闹闹的少年个个身怀绝技。

这些风头正盛的少年，又因这场晚会彻底刷了一把存在感。

在之后的两天，走到哪里都能听见人谈论关于华西冰球队的事。校园论坛上关于他们的话题都刷爆了，华西冰球队一下子火出了圈。

最离谱的是，有人挖出了窦群刚二十出头剃着寸头的照片放上网，顺便感慨了一顿岁月是把杀猪刀，导致那两天窦群下手越来越黑，练得一群人苦不堪言。

终于迎来当季大学生冰球联赛决赛，决赛分两天进行，四所大学分组赛，胜出的队伍再角逐冠军之位。

华西抽到了“南州大”，南州大的实力虽没有成信那么强，但也不容人小觑。

冰球场馆里，加油声此起彼伏。

比赛还未正式开始之前，边蓝突然挽着一个帅气高大的青年走进了休息室。

大家还在疑惑这个男的是谁，青年却突然开了口:“瞎了？不认识？”

“窦教练？”

一众人的表情都有些精彩纷呈。

窦群摸了摸自己光洁的下巴，笑说：“怎么样？这个形象站在决赛现场是不是显得更有气势？”

刮了胡子的窦群简直大变样，看起来年轻了不少，很帅，也很有魅力，尤其是站在边蓝身边，看起来简直是天造地设的一对璧人。

徐阳收回惊掉的下巴，终于承认女神还是厉害，居然透过现象看到了本质。

很快，所有人换好队服，排列着进入了比赛现场。

随着他们的出现，场上迎来了一波热潮。

华西的应援色统一为大红，像一片火海热烈盛开在观众席，还有不知道是谁在最上排拉了一个很长的条幅，写着“冰球之魂，华西为尊”。

李腾坚持要上场，被窦群和何旭共同阻止了，何旭说：“不要急，这场我们一定会赢。”

他说得云淡风轻。

不过何旭既然这样说了，就证明他们对南州大的实力是知道的，并且有信心。

他一直是华西队的灵魂，无畏且勇猛，永远站在最前线。

周荔春倒是不怎么担心，因为她知道他们之前对对手做过技术分析。她站在教练身边，看着何旭说：“加油。”

他戴上手套拍了拍她的头顶。

果然，决赛的氛围从一开场就无比紧张，两支队伍的比分始终紧咬着追赶着。在周荔春她们嗓子都快叫哑了的时候，华西最后以两分的差距险胜。

随着裁判哨声响起，赛场内一片震天响的欢呼——

“华西！华西！”

“冰球之魂，华西为尊！”

应援声像是要把场馆的顶给掀了，场上少年们四面聚拢，在一片欢呼声中拥抱在了一起。

周荔春看着看着，在一片喧嚣中安静下来，突然无言落泪。赛场内穿着高大护盔的少年们取下头盔，向他们的方阵表示感谢，那一双双赤诚的带着无限光芒的眼睛，就那样直直地看过来，少年们脸上的笑容能融化一切寒冰。

周荔春想起莽撞冲动的少年何旭，满不在乎地应下冰球之战；想起当初建队的艰难，从孤立无援到如今成为希望；想起少年曾不可一世地宣称要带着队伍走出国门，也想起同一个少年咬着牙拼命地坚持……

成信毫无悬念地碾压另一支决赛队伍，下一场，就是华西和成信的冠军争夺战了。

那些汗水与偷偷流过的泪水浇灌出来的花朵，如今如此耀眼夺目。

而她，一直站在他们身边，看过他们为此付出的艰辛，他们真的一步步走到了今天，光明正大地走在成信的对面。

比赛结束后，所有人回了酒店。

徐阳他们沉浸在胜利的喜悦里，讨论激烈。

而何旭，她偷偷打量他，从上车开始他就没有笑过，若有所思的样子没有一点儿放松的状态。她心里隐隐担忧，大概知道他在担心明天的比赛。

她不知不觉跟着他，连走到哪儿都忘记了。

直到何旭突然转身。

周荔春被吓了一跳，抬头还有些蒙，问：“怎么了？”

他眉毛一挑，一只手撑在门框上，一只手垂着，就这么把她笼罩在自己身前，居高临下地看着她，也不说话。

周荔春看了门牌号一眼，顿生尴尬，结结巴巴地说：“我……那个……我走错了！”说完急急忙忙就想从逼仄中挤出来离开。

何旭眼疾手快一把抓住了她，另一只手打开门带着她往里面走，边走边说：“现在才开始慌是不是有些晚了？”

“哈哈，那个……”

“进来吧，我又不会吃了你。”

周荔春暗叹了口气，有些想捂脸，心想这也太丢脸了吧。

她僵着身体坐在沙发边上，手脚都不知道往哪儿放。何旭从饮水机接了一杯水放在她面前，然后随意地坐在她身边。

周荔春本能地想往旁边挪挪，单独的室内相处她依然紧张不适应，可还没来得及反应，何旭就已经一把抱住了她。

她心跳如鼓，偏头看他，看到何旭黑黑的发顶和直挺的鼻梁。他闭着眼睛，看起来很累的样子。

周荔春有些自责，他都累成这样，她还在想些稀奇古怪的东西，从他顶替了邓柯的位置起，他就强迫自己逐渐成长为被人可以信任和依赖的对象，但他自己要承受的，却只能自己消化。

少年，正为了当初的约定全力以赴。

周荔春感慨着，抬手摸了摸他的头发。

“饿吗？要不要吃东西？”她问。

“别动。”他的声音很低，像是快要睡着。

周荔春想了想，轻轻在他耳边说：“明天我会一直一直一直在你身后，不管结果如何。”

所以，不要有压力，不要害怕。

他突然在她颈边低笑了两声，少年呼出的热气烫得她忍不住缩了缩。

“你不担心我输吗？”他问。

周荔春认真地看着他：“我不担心，我只担心你。”

何旭愣了愣，放开她，笑得开心而愉悦。

他仰躺在沙发上，看着头顶的天花板突然说：“我爸昨天给我打了个电话。”

“嗯？”

“你知道的，他以前看我跟个混账差不多。昨天突然给我打了个电话。”何旭自顾自笑了笑，“他说，体育竞技最怕找不到意义，走到后来，多数都是自己和自己搏斗，只有战胜了自己，才能去战胜对手。”

何旭给自己老爹下了个定论“第一次发现那老头子还是个哲学家。”

周荔春跟着笑了，看得出他真的很开心。

褪去强撑的那一层满不在乎，这个少年其实初心闪亮。

她努力控制不让被激动催生的泪水落下，真诚地带着满腔的潮涌，说：“你始终在往前走，没有想过放弃和回头，这就是最大的意义。”

何旭看着她，笑得如天上的旭阳，在心里偷偷说：你和冰球一样，都是非凡意义。

正式决赛那天，C 城下了近三年来最大的一场雪，道路两旁的花坛上铺满了厚厚一层。

一行人上车前往赛场。

车上的气氛还挺放松，徐阳努力说着笑话。

周荔春坐在何旭身边。

听着他们吵吵闹闹，钱铮看着车窗外突然说：“我忽然有点紧张怎么办？”

看着队员们为之一震，钱铮和煦地笑了：“别担心，我只是紧张看台上我的家人看到我这么英姿勃发的，会不会以后都崇拜我。”

一句玩笑话瞬间冲淡小小的紧张气氛，李腾随着大家一起出征，虽然医生建议他要注意自己的腿，不可有过激运动。但这么重要的时刻，他依然希望能和队友们并肩站在一起。

他感慨：“从来没有想过我们会走到现在。”

“是啊。”徐阳大笑，“我当初加入冰球队纯粹就是因为何旭在厕所帮成伟树打了一架，觉得这丫忒厉害了这大佬可以跟！尽管私下觉得大佬和人打赌也太‘中二’了一点。”

何旭踢了踢徐阳的椅背，笑骂：“不说话没人拿你当哑巴。”

一路感慨着笑骂着，大巴车载着这群意气风发的少年奔赴决赛场。

这一场决赛吸引了众多的关注，门票早就被抢购一空，还有许多这两所学校的学生偷偷求着学生会摸进来，宁愿坐在走道也不想错过亲眼观战。

五年前华西惨败在成信手下，冰球队从此解散；五年后，在短短时间内重新组队硬生生杀出一条血路，再次和成信比肩论剑，两支积怨已久的队伍狭路相逢，究竟谁胜谁负，这个噱头着实让人惊叹又期待。

比赛还没开始，双方的气氛就已经剑拔弩张，隔了老远，就见对面的谢胜朝他们伸出了拇指再突然往下一倒，挑衅意味十足。

徐阳干脆地横空回了他一个中指。

双方啦啦队各不相让，此起彼伏的口号喊得热火朝天，把赛场的气氛更是推到了一个新的高度和热度。

终于，哨声一响，比赛正式开始了。

何旭和许川在中长线对立而战，面色俱凝，一开球，许川抢先拿到了主动权，直接运球过人朝着他们身后的球门迅疾滑去。他速度极快，像一道白色的闪电左突右冲灵活过人，观众席上所有人一口气都提了起来。

挥杆、射门，所有人都以为会进的时候，徐阳卡着点跪倒，球从旁边滑了出去。

有人欢呼雀跃，有人遗憾长叹。

场上依旧热烈角逐，你追我赶，冲撞着摔倒又迅速爬起，不论是华西还是成信，都在拼尽全力。

第一场结束，成信以 2:1 领先。

华西走到今天，虽然不是什么顶尖队伍，但也不会出现被碾压的情况。

显然成信那边是提前对华西有过深入了解，不再是将他们当入门的菜鸟，开始严阵以待。

下了场，邓柯滑行至何旭身边，喘着粗气道：“第二场怕是难了。”

“嗯。”何旭点头，眸光沉沉，随即他挑眉一笑，“干他们就对了。”

他滑到正在给队员分发饮料的周荔春身后，一只胳膊直接圈上她的脖子，笑：“放那儿他们自己拿就行了，陪我坐两分钟。”

周荔春被他套了一个趔趄，感受他湿漉漉的带着温度的胳膊。

这大庭广众之下，他丝毫不见收敛。

周荔春红了红脸，掰开他的手说：“放开我，我工作呢。”

果然，很快身后就传来徐阳的调侃：“何旭，你看看场合，这么关键的时候，可千万别飘啊！”

“滚蛋。”

第二场开局，没两分钟周荔春就发现这一场比上一场的节奏快了很多。

成信改变策略，看似保守放缓了进攻，但明显就是想从体力上拖垮他们。

华西和成信这种成立很久连替补队员上了场实力也还说得过去的队伍不同，何旭他们几个主力一旦体力跟不上，后续替补的人很难代替他们的空缺。

成信抓住了他们的短板。

李腾喘着气游鱼般滑到何旭身边，汗涔涔地问：“怎么办？拖得太狠了。”

何旭咬牙，眼底蹦出倔强的光：“硬打。注意他们右后卫，两次突围都是被他拦截的。”

“好。”

“等等。”何旭叫停李腾，“让邓柯来，注意你的脚，不要和人硬撞。”

“知道。”

场上的人相互配合，也没让成信的人讨到什么大便宜。

成信一看比分拉不开，后半程越打越急，谢胜明知李腾有旧伤，还利用监控死角使小动作故意往他身上撞。

裁判并没有发现，哨声没响，但周荔春的角度却看得分明。

打到后来，站位都有些混乱了，何旭显然也发现了，一个抬脚就朝谢胜那个方向滑去。

这个时候可千万不能冲动！

周荔春暗道糟糕，脑子一蒙，冲口而出："何旭！"

在加油声震耳欲聋的比赛场馆里，周荔春的声音实在说不上大，但是何旭却猛地回头朝她的方向看过来，周荔春隔了好远对上他的视线。

何旭脚下动作一停，周荔春那颗揪着的心终于稍稍落下。

他明白她的意思。

第二局结束时，比分 5:3。

少年们喘着粗气下场，钱铮悄悄朝周荔春竖了竖拇指，小声说："也就只有你，能让那家伙在头脑发热的时候迅速冷静下来。"

周荔春一颗心七上八下，勉强弯了弯嘴角算是回应。

何旭走在最后，乌黑的头发被汗水浸透，灯光下有着水样的光泽，周荔春递上一条毛巾。

何旭盯着她的眼睛，无声握了握她的手。

等所有人聚齐，窦唯难得地没有骂谁谁谁刚又犯了什么错，他表情严肃，说："没到最后一秒，一切都是变数。我们还有机会，你们压力也不要太大，全力以赴就是成功。”

周荔春问何旭：“教练今天不大对啊。”

何旭笑了笑：“他应该比我们都紧张。”

周荔春看着难得啰唆的窦群一个个给队员们按摩打气，心里涌过一股热流。

窦群进过国家队，见识过最辉煌的风景，最后因伤落寞退场，他一定在队员们身上看到自己年轻时的影子，倔强、不服输，有过相同心理，所以他会对他们爱之深责之切。

最后一场，不管是场上还是场下，人人都紧张而激动。

时间一分一秒地过去，比分从 5:3，变成 5:4，再从 5:4 变成 6:4，场馆的热潮越掀越高，解说员解说时也越来越激动。

解说 A：“今天的比赛真是太精彩了！”

解说 B：“是啊！场上气氛已经到达白热化！成信连续三年蝉联冠军，今年终于遇上对手。华西这匹黑马……好！华西的前锋好样的！进攻进攻！”

解说 A：“今年的冠军究竟花落谁家……”

比赛时间还剩下最后十分钟。

按道理，成信这个时候只要保证不让何旭他们再进球，这场比赛赢定了。

谢胜运球，何旭上前拦截。

谢胜挑衅一笑：“服吗？你们输定了，半路出来的野鸡队伍，等着跪下叫爸爸吧。”

何旭哼笑：“就你？”

话音未落，他一个加速从谢胜杆下抢过了球，在接下来的一两分钟里，何旭一直故意绕行在谢胜身前，却让他连摸球的机会都没有。

谢胜气疯了，之前本来就积怨已深，打架还吃过亏。

何旭笑得风轻云淡，偏头冲他一扬眉：“来，叫声爸爸来听听。”

被激怒的谢胜猝不及防就朝何旭挥出一拳。

所有人都看到了谢胜挥拳的动作，看到了何旭仰身倒在了地上，裁判吹哨。

谢胜被判犯规，那家伙梗着脖子瞪着眼喊：“老子根本就没打着他！”

并不知道真相的钱铮气不过，冲上去就要理论，被何旭一把拉住，他笑得顽劣，说：“别去，好不容易有了个以多打少的机会，兄弟们，抓住机会。”

徐阳一愣：“那他说的是真的？”

“你觉得呢？头大无脑人品差，我能在他手下白白挨一拳？”

“你忒阴险了。”

少了谢胜这么个阻力，五分钟的时间里，邓柯阻断了许川，成信很容易就露出了空缺，以何旭和李腾为主要带线力量，在最后一分钟里将比分拉到了 6:6 平。

全场沸腾。

最终加时赛五分钟，哪个队伍先进球，哪个队伍就获胜。

这一次，没有单挑，没有谁被罚下场。

少年们脑子里闪过他们一路走来的画面，顶着大雨在操场上拉练，负重练习累瘫在地上，所有人为练习默契度系着绳子接连摔倒再一次次爬起来……

他们的心中点燃了热血的激情和火焰。

哨声吹响,许川首先拿到了球,李腾上前被谢胜挡开,何旭绕到后方。

邓柯再次和许川面对面，两人同时朝着球的方向滑去，相差无几的速度和动作，邓柯率先碰到了球，迅速传给何旭。

全场起立尖叫欢呼，场上气氛热切焦灼。

对方因为抢球球门失守，何旭抓住机会，一路冲在最前面，动作迅速运球绕过对方的后卫，提速，挥杆。

解说员狂喜地嗷嗷叫：“球进了！华西在解散球队五年后，直接一举拿下了大学生冰球联赛总冠军！不可思议！简直是奇迹！”

……

冰场上，穿着护盔分不清谁是谁的高大少年们扔了杆，快速聚拢拥抱在一起。

徐阳和成伟树抱在一起哭到不能自控，连话都说不出。

钱铮则目视着看台上高兴到不断跳跃的珠珠，红了眼眶。他一时做下的决定，没有想到会能够站在这片赛场上的一天。

万年冰山邓柯像是松了一口气，转头和何旭对视一眼，说：“谢谢。”

这声谢谢，可以有千万种理解。谢谢你点燃了我熄灭的梦想之火，谢谢你成为我最好的战友，谢谢你和我们一起创造了奇迹……

两人心照不宣。

周荔春笑着笑着，一脸湿润，她努力去分辨何旭的身影。

少年何旭如疾风骤雨，抓不住也不曾想过为谁留下。

如今，他像是扎了根，已经可以隐隐窥见未来参天大树的雏形。

前有坦途大道，伴有兄弟队友。

是冰球，成就了他。

泪眼模糊间，她分不清谁是何旭，但场上的每一个人，都是这一片洁白中闪耀的钻石。

赛事结束后，窦群替他们接了地方电视台的采访，结果一个两个羞于出现在镜头前，最后把何旭给推了出去。

何旭显然很不喜欢应付这样的场景，全程面无表情。

奈何他长得好看又十分上镜，负责采访的女记者全程笑眯眯。

记者问："今天赢了比赛，心情怎么样？"

"开心。"

女记者心想：开心是不是该笑笑？

她又问："能跟我们分享分享平常训练的趣事吗？"

"没有趣事。"

……

何旭官方简短又无趣地回答，慢慢地，记者脸上的笑都快要挂不住了，试图开玩笑缓解气氛，问说："今天看台上很多你的粉丝啊，能替她们问问你有女朋友了吗？"

何旭闻言一转头看向周荔春。

他的小姑娘正站在不远处垂着头在手机上敲敲打打，一脸高兴。

估计是在跟舍友报喜，何旭收回目光，勾着嘴角直视镜头，说："有。"

女记者见他一笑，愣了，像是找到了采访窍门，继续追问："女朋友也是华西的学生吗？能说说怎么认识的吗？"

"私事无可奉告。"

何旭并不想多说什么，只是之前眼底的冷漠因为这个话题而逐渐柔和，那个女孩让他眼睛闪光。

他想到那个懵懵懂懂为学分加入冰球队、穿过迷雾一路走来，至今一直并肩的女孩。

她瘦瘦小小的身体里，其实蕴含了巨大的能量。

她那么平凡，但是又如此不凡。

许川第一次郑重地跟邓柯握手，第一次把他当成对手约战明年。

两只手握在一起的时候，周荔春有种新时代开启的激动。

他们拼尽全力，终于为自己赢得了尊重。

当晚，一行人并没有急着回学校。

李腾提议："天这么冷，咱们去泡温泉吧。我知道有个地方离这里不远，今晚就当换个酒店住了。"

男生们行动起来说风就是雨，等周荔春反应过来已经坐上了何旭的车。

地方不远，过去不到半小时。

她的房间在全队中间，周荔春拖着行李箱进门，准备先换身衣服，手机叮的一声传来消息。

“出来。”是何旭发的。

出来？出哪儿？

周荔春不明所以地把门打开一条缝，发现何旭就拿着手机站在门外。

“怎么了？”她抬头问他。

他牵起她的手：“给你包了个私场，先带你去认认路。”

“啊？还有私场？”

“这家温泉酒店是李腾家亲戚开的。”他说着笑了，“放轻松，好不容易拿了冠军，他们今天估计会闹到很晚。”

“嗯。”

周荔春还是第一次泡温泉，感觉挺新鲜，这家温泉酒店环境非常好，绿化和服务都是一流。

她一个人在汤池里泡得昏昏欲睡，也不知道过了多久。

因为她这边没人，随后裹着浴袍出去的时候没想到堪堪和人相撞。

满目赤裸结实的胸膛。

周荔春差点尖叫，条件反射地掉头转身狂跑，心都快跳出来了。

没跑出去两步被人一把拉住，何旭的声音就在身后，带着点无奈：“跑什么？”

周荔春惊讶了一下，回头。

看清他全身上下就只在腰间围了一条浴巾，周荔春眼睛都不知道往哪儿看了，垂头看着自己脚尖红着脸问他：“你怎么过来了？”

“看你这么久没出来有点担心，过来看看。”

何旭的拇指擦过她的侧脸，因为泡了温泉的缘故，女孩的脸透出一层薄薄的粉。

他的目光淡淡刷过她挣扎间不小心拉开的领口，又不太自在地转开，掩饰地咳了咳说：“整理好了就过来，他们现在闹着要在房间里煮火锅，等你过来就差不多可以了。”

“酒店还可以煮火锅？”

“偷偷地。”

“哦好，我马上！”

周荔春其实今天也一直处在一种很兴奋的状态里，他们赢了，她也和他们一样开心。

等她整理好了，去到何旭他们的房间时，食材已经准备好了。

徐阳兴奋地朝她招手：“快来，就等你了。”

周荔春走过去找了个凳子坐下。

何旭正举着一把水果刀，和李腾他们争论怎么切菜可以最大程度保留鲜味，闹得不行。

钱铮把一盘水果放在她面前。

“谢谢队长。”周荔春笑。

钱铮朝何旭那个方向看了看，转头解释：“我虽然挂着队长的职，但其实我们队里的核心一直都是他。”

周荔春知道他说的是何旭。

钱铮接着说："就是俗称的队魂吧。你看我们这些人，表面上看没几个有正型的，尤其是还有邓柯和李腾那种骨子里高傲的家伙，但我们大家一直都挺愿意听他的指挥。何旭是那种乍一看不怎么靠谱，其实比谁都认真的家伙。"

刚好何旭和徐阳因为黄瓜是切条还是切片又吵起来了。

你一句我一句，幼稚得不行。

周荔春失笑，这段时间没日没夜地训练，她很久没有看见他这么放松了。

钱铮道："我一直觉得你和何旭很配。"

"啊？怎么……突然说起这个？"

"其实很早我们就发现了，何旭对你多多少少都和别的女生不一样。你能理解他支持他，这对何旭来说很重要。他那个人吧，能让他在乎的人不多，但真放在心上了，就是一辈子了。所以荔春，虽然现在看一切才刚刚开始，但你们好好的。我想不论是我们冰球队，还是何旭，都很需要你。"

周荔春无意识地抓了抓衣角。这还是第一次有人和她说这些，还是有些感动。她笑笑，点头说："我们会好好的。"

那边有队友在喊"队长，你和我们队花说什么呢？快要开吃了啊！"

"来了。"钱铮很快站起来，走了过去。

钱铮前脚刚走，后脚何旭就无声无息地靠了过来。

“刚说什么呢？”他问。

周荔春眨了眨眼装听不懂：“没什么啊，队长问我要吃什么。”

他不满地啧了一声，躬身从茶几上拿起一只鸡翅喂到周荔春的嘴边，笑：“快吃，特意给你留的，再晚两分钟，胖子估计连个骨头渣都不会剩下。”

周荔春扑哧一声笑了，乖乖把鸡翅吃到嘴里。

这人怎么这么可爱！

吃了饭，他们又闹到很晚，玩游戏玩得一点都没有想要停下来的架势，看样子估计是打算通宵了。

何旭悄声问她：“累吗？累了就回自己房间睡会儿？”

周荔春不想扰了他们兴致，强撑着摇摇头说：“没事。”

结果刚说完就打了个哈欠。

她不好意思地看了一眼何旭。

何旭失笑，摸了摸她的头发说：“你自己去睡吧，不用和他们说。”

“那你呢？”

“我？”何旭看着她挑挑眉，“我不困。怎么，没我你睡不着？”

周荔春抬手就给了他胳膊一巴掌：“别瞎说！”然后扭开头，一下子从脖子红到了耳朵根。

何旭没想到她反应这么大，一下子都蒙了，愣了半天才猛地回神。他干脆拉起周荔春对队友们说：“我先送她回房间，你们继续。”

几个人随意摆摆手：“去吧，去吧。”

周荔春被何旭拽回房间的时候还有点儿抗拒，主要是羞的。房间就在旁边，还特地当着那么多人声明。

何旭划卡开门，带着她进了房间。

他回头看她一眼，低声笑："还在不好意思呢？"

周荔春佯装怒意地瞪了他一眼："不用特地告诉他们你要送我回来吧？"

"主要是怕他们不懂事。"

"什么？"

周荔春不明所以地抬头问，才陡然发现何旭离自己实在太近了，他只要一低头，就能碰到她的脸。

"你……你要干什么？"周荔春暗骂自己：磕巴什么呀！

看她脸红得要滴血的样子，何旭忍不住笑出声，弯腰凑上去亲了亲她的鼻尖："别这么紧张，我就算想对你干什么也不会选现在，时间地点都太不合适。"

越说越没谱，周荔春急得伸手去捂他的嘴。

手心一痒，她惊得缩回手，瞪大了眼睛看了一眼何旭。

他眼睛亮闪闪地自上而下专注地盯着她："从比赛结束就没时间和你好好单独待一起，你睡会儿吧，我不走，看着你。"

说到这个，周荔春又有点心疼了。

他这段时间压力有多大，训练有多苦她都看在眼里，比赛结束后就一直没停，估计这会儿也累了。

"要不……你睡会儿吧，黑眼圈都出来了。"

"没事，我不怎么困。"

"那……看电影吗？我们随便找个片子看吧。"

何旭想了想，有他在她估计是睡不着了，但他又不想离开她，干脆答应下来，打开房间的电视随便找了个片子，两个人坐在沙发上看起来。

周荔春原本还以为自己不会睡着的，结果不知不觉就睡了过去。

等她醒来的时候，发现自己身上盖了个毯子，室内的顶灯熄灭了，只余书桌上方一盏温暖的小灯。

何旭坐在她旁边，回着消息，手机的白光打在他的脸上，更衬得他俊眉朗目高鼻薄唇。

周荔春一动不动，就这么静静地仔细地看着他。

感受到注视的何旭侧目过来，看见她闪亮的眼睛，他好笑地伸手替她拉拉滑下去的毛毯，笑问：“我好看？”

“好看。”

不甚明亮的环境下，何旭的瞳仁似乎缩了缩，眼神更加深邃，身体也越凑越近。

周荔春惊得本能地弹起来，装模作样地扒拉着头发，一开口，声音都不对了：“不好意思，我睡了很久吗？”

何旭笑得前仰后合，周荔春在心底翻了个巨大的白眼，有点儿后悔是怎么回事？

“既然睡醒了，那走吧！”何旭伸手将她提起来，“他们现在要去放烟花，你要去看看吗？”

内心又遗憾又懊悔的周荔春简直把自己虚拟凌迟了个遍，正好找个台阶赶紧下去，再单独待下去她怕自己会爆炸。

“走啊。”

两人裹着外套出去的时候，酒店后面的那片空地上，人已经到齐了。

徐阳调笑：“哟，小两口来了，还以为你俩早睡下了。”

“闭嘴！”何旭说。

周荔春到了现场才发现烟花分量还挺足的，问了一句：“这大晚上你们上哪儿找来的这东西？”

李腾说：“酒店之前庆祝活动剩下的，我就找人弄来了。”

“谁点火啊？”徐阳吼。

有人提议：“我们是不是该来点致辞发言什么的，一点仪式感都没有。”

何旭笑骂：“什么仪式感，感谢你母校，还是感谢你爹妈？”

“也对啊，是挺傻缺的。”

“不过我们赢了啊！”

对啊，赢了，一个不经意的赌约居然撑着走到了最后，这场胜利的到来经历了多少辛苦的训练，流了多少汗水，他们都是参与者。

徐阳吸了吸鼻子：“突然有点想哭是怎么回事？”

何旭说：“有什么好哭的，就赢了场比赛而已，我们以后还会有很多场比赛。”说到这儿，语气就开始嫌弃，“你要是场场这么哭，爸爸觉得有些辣眼睛。”

“何旭，你大爷！”

一伙人全笑了。

有人接着问：“那我们到底庆祝什么？”

当大家都认真思考时，周荔春突然灵光一现：“就祝我们华西冰球队一往无前吧。”

她说着就站在中间伸出手背，目光闪闪地望着众人。

何旭挑了挑眉，嘴上说着真二，但是毫不犹豫就把自己的手搭在了周荔春的手背上。

接着一个、两个、三个，所有人都聚拢过来。

“华西加油！”

“加油！”

烟火璀璨的星空下，少年们欢呼雀跃，无忧无愁，只剩下眼前这一刻的盛景美好。

他们脚踩着实地，未来就在前方。

虽然依然会经历失败痛苦、喜悦和伤悲。

但这才是冰球，是他们自己选择的，愿意为之去坚持去付出的冰球。是他们站上场就不愿意下来，体验过就不愿意放弃，执着的，不悔的青春。

而这场属于他们的时代。

已经开始引领起航。

番外一／这万千世界，唯你不同

| W u F a Z u D a n g A o J i a o D e T a |

华西冰球队的王牌队员，上了场就跟一头狮子似的何旭近来话题有点多。

就是画风不太对，微博贴吧讨论不休。

“华西越来越强了是没错，可我怎么觉得这何旭不太对呢？”

“对啊，这次的对手不怎么样吧，分分钟血虐。本来何旭都快和对方的队长打起来了，被叫下场三分钟不到，回来规矩得不行，都没什么看头。”

“嗯，在女朋友的威逼下越来越软了。”

女生宿舍里，周荔春看到这儿一口水差点喷出来。

何旭软？哪只眼睛看见了？

端着水杯路过的于新瑶往她电脑上瞄了一眼，大笑说：“看吧，可不止我一个人这么觉得啊？群众的眼睛是雪亮的。”

周荔春扶额：“什么呀，就是他上回比赛和人动手的伤都没好，我只是提醒他要小心一点，不要这么莽撞而已。”

“四儿，你根本就没抓住重点好吗？重点是何旭他听了呀，他那脾气全校皆知，你见他除了你的话，还听过谁的？”

周荔春呆了呆，好吧，何旭还是比较听她话的。

不过她真的从来就没有说教的意思，她只是单纯地不希望他受伤而已。何旭本来性子就说不上太好，又处在那样一个位置，场上和人动手也就分分钟的事情。

曾月感叹：“估计你就是她的克星吧。”

娅沁纠正：“不是克星，是爱。”

周荔春无语，一时也不知道说什么。

过了一会儿，于新瑶又问：“他们是又出去打比赛了吧。”

“对，在B城。”

一年前华西冰球队在全国的大学生冰球赛中一战成名，国内不少邀请赛都给他们发了邀请通知，这一年除了不断训练，就是全国各地地参加比赛了。

周荔春自己也比较忙，自然也没办法随时随地跟着到处跑，甚至连后勤都只是一直挂着名，另外还招了两个人。

何旭一直在往前走，周荔春在自己的路上也始终没有停下。

这一年多，她参加了不少大大小小的活动，找了兼职，还不时跟着余教授出去进行社会实践，每学期都还拿到了奖学金。

不过也因为大家都很忙，她其实能和何旭见面的时间不是特别多。

但她会看他的每一场比赛，每天也都会通电话或者发消息。

很多情侣或许都因为陪伴时间不够等问题分手了，但周荔春发现这在她和何旭身上仿佛一点迹象都没有。本来见面时间就不多，谁愿意浪费在吵架这种事情上。

说起来他们又有一个星期没有见面了。

“比赛还顺利吗？”她给他发消息。

隔了两分钟他没回，直接一个电话就打过来了。

“比赛完了？”她问。

“嗯，你今天下午没课？”

他的声音听起来有点哑，周荔春心里紧了紧：“你怎么回事？感冒了？”

他笑：“有点，累得慌。”

他声音很轻，周荔春却听得有些难受，最近这一个多月，他们基本上都在比赛当中，都没怎么休息过。

而且何旭可不是个轻易会跟人说累的性子，哪怕她是他女朋友。

所以这乍一听，周荔春就心疼得不行。

“怎么样？严不严重啊？你开药了吗？你要不要请假休息两天？”

她一连串的问题直接把何旭给问笑了。

他说：“没什么大问题，已经吃药了。”

周荔春知道让他请假休息是不可能的事情，接下来还有几场比赛，他不可能不上场。

很快那边就有人在叫他了，周荔春不怎么放心地挂了电话。

她在座位上发了一会儿呆，问她们："今天星期几来着？"

曾月："四啊，怎么了？刚不是和何旭打电话呢吗？怎么失魂落魄的。"

"没事。"

挂了电话的周荔春，脑子里突然冒出一个念头。

她想要见他。

这个想法一出，就怎么也止不住。

人大约都会有很多那样的时刻，突然很想很想和一个人见面，想念来得猝不及防，无法遏制。

她简单收拾了两件衣服塞进包里，一边对曾月她们说："我明天请假，不回来了。"

"啊？"几个人都惊了。

看着她手上的动作，曾月问："你急匆匆干什么去啊？"

"有事。"

这说话的工夫已经收拾好了，她拉开门直接出了宿舍，然后听到身后曾月她们还在猜她是不是要去找何旭来着。

她在路上订了票，也就是一个小时后的飞机。

她坐在出租车上看着倒退的事物有些发愣，看了看手机上的时间，这距离她冒出想要去找何旭的念头，到她现在坐在车上，中间仅仅隔了半个小时。

这听起来有些不可思议。

但她就是那样决定了并且实施了。

其实除了何旭之前胳膊被划伤那会儿，这还是周荔春第一次这样匆匆忙忙跑去见他。

明明每天都有通消息的，但她现在是如此想念他，想念到她不去找他，就会坐立不安，不知道自己还能干什么。

她没有告诉何旭自己去找他了。

她知道冰球队住的酒店，到了地方直接给跟来的后勤打了个电话。

新招进来的后勤是个大一的男生，秀秀气气的，脾气特好。一开始本来是想要找女生的，被何旭给否了。

因此，他还差点和徐阳干了一架。

“荔春姐！你是说你现在在酒店大堂？”

对方的声音实在是太震惊了，所以站在大堂中间的周荔春才后知后觉感到一丝尴尬。

她只能说：“嗯，我过来了，他们今天没比赛吧？”

“哦哦……没，今天下午休息，你是来找旭哥的吧？他在房间里休息呢，好像有点感冒，这会儿估计还睡着，我去叫他吧？”

“不用不用，我自己找上去就行了。”

她和何旭的关系本来就不是秘密，也没什么好藏着掖着的，因为怕打扰他比赛状态，这样突然来找他，还是头一遭。

结果还没等她上去，就见到了从电梯里下来的徐阳几个人。

钱铮惊讶：“来了怎么不说一声？”

周荔春没想到会这么快撞到他们，尴尬道：“那个……我就来看看。”

她原本是想着悄悄来一趟，见到人然后悄悄回去的，这下好了，全知道了。

徐阳大笑：“你来得正好，我们正要出去吃饭准备给何旭打包，你来了就连你一块得了，有什么想吃的吗？”

“我……随便就行了。”

“那行，上去吧，513，可别走错了啊。”

周荔春哭笑不得，没想到到头来会变成一群人站在电梯口，目送着她的场景。

背后的调侃估计又是少不了了。

周荔春拿着钱铮递给她的房卡，站在门口的时候才觉出一丝紧张来。

等会儿要说什么？他会觉得惊喜吗？

她脑子里想了半天，直到“嘀”的一声，她才反应过来自己已经把房门打开了。

她悄悄推开一条门缝，里面光线有些昏暗，只能看见床上拢起的人形。

周荔春轻手轻脚地走上前。

她走到床前看了看，床头柜上有杯喝了一半的水，何旭半张脸埋在枕头里，她原本伸手想要试试温度的手到了半空中又收回来，担心把人吵醒。

水杯边有药盒，想来是吃过药了。

随后，周荔春发现边上有个凳子，干脆拉过来坐下，就这样一直看着他。

睡着的何旭一点也不像在冰场上那个霸气的人，五官柔和下来，看起来就是一只打盹的猫，还是一只病猫。

算起来，从认识开始就知道这人一副烂脾气，但他似乎从没对自己发过火。

“看你男朋友看够了吗？”

何旭突然开口，周荔春吓得差点从凳子上跳起来。

他还是一副没醒的样子，在枕头上蹭了蹭，语气里带了丝笑意：“你在这儿起码看了得有十来分钟了吧？”

“你一直没睡着啊？”

“嗯，没睡死，你开门的时候我就醒了。”

周荔春作势在他的被子上拍了一巴掌：“你怎么知道是我？还故意看我笑话。”

何旭从床上爬起来，顶着一头乱糟糟的头发，一把将她扯进怀里，下巴磕在她肩上说：“你一靠近我就知道是你了，本来想看看我女朋友趁我睡着会不会做点儿什么，谁知道你也太老实了。”

……

她靠在他身上，感受着从他身上传来的温度，才想起他此时可还病着呢。

她挣扎起来说：“病了还这么有活力呢？”伸手在他额头上试了一下，发现还有点热，随即蹙了蹙眉。

“还有哪儿不舒服吗？”她问。

他想了想，结果摸了摸肚子说：“嗯……我有点饿了。”表情还带着点故意卖惨的可怜相。

周荔春问道：“感冒了喝粥吧，我打电话让酒店送上来。”

酒店效率还挺高的，没到十分钟就送上来了。

周荔春解开包装端到他面前，结果他也不伸手接，看着她说：“你喂我，手软，抬不起来。”

何旭是个很少生病的人，结果临到头了，周荔春才发现他病了居然还学会耍无赖了。

可没办法，周荔春还真就吃这一套。

她认认真真端着碗喂了他半碗粥。

刚把碗放下，周荔春原本打算问问他要不要喝水的时候，他就又一个伸手把她拉到了床上。

“你干吗？”周荔春小声挣扎。

“怎么突然想起来找我了？”

“就……想你了。”

周荔春老老实实地回答，换来了何旭猝不及防的深吻。

结束的时候，他还在她的嘴唇上啄了几下：“我也想你，很想很想。本来还想着等这段时间结束，应该能空出点时间好好待在学校陪你了，结果你就来了。”

周荔春抬头亲了亲他的下巴。

他手上的动作紧了紧，将她团在怀里闭着眼睛说：“累，再陪我睡会儿。”

声音又沉又哑。

周荔春立马停止了动作，一看到他因为生病有些发红的眼睛，就心疼得不行。

“睡吧，我陪你。”她说。

何旭轻轻笑了笑。

他突然叫她：“媳妇儿。”

周荔春整个人都僵了一下，以前看别的情侣之间喊这个称呼觉得腻歪得不行，结果从何旭口中一出来，她才发现这个称呼居然也能这么勾人。

“嗯？”她红着脸轻轻应了声。

他从喉咙里低笑出声：“我真喜欢你呀。”

周荔春感觉自己热得快要冒烟了。

虽然两个人在一起的时间也不短了，周荔春还是自觉招架不住何旭这么直白的说话方式。

最后，她只好厚着脸皮回应了一句：“我也喜欢你。”

很喜欢很喜欢。

这场突然决定的行程，周荔春最后硬是待到了周日的晚上才回程。

主要还是何旭不放人。

那个在冰场上勇往直前的何旭，因为一场感冒变成了黏人的猫，几天之内周荔春走到哪儿跟到哪儿，所有人都在怀疑他是不是吃错药了。

他最后对着一众队友冷笑：“需要爸爸上场教你们做人？”

所以啊，何旭始终是那个何旭。

只不过他所有的变化和特别，就独独给了一个人而已。

这万千世界，唯你不同。

番外二／有你的地方，就是方向

|W u F a Z u D a n g A o J i a o D e T a|

两年后，教练窦群和边蓝要结婚了。

这当初看起来那么不靠谱的事情，最后居然成了真。

他们也顺利进入大学最后一年，暑期的时候周荔春还进了市区电视台实习。

这场婚礼，周荔春是伴娘之一。

当天很忙，她穿着一身裸肩的白色礼服，从前一天晚上一直忙到第二天早上，都没有怎么休息。而冰球队何旭他们那伙人集体穿着黑色西装站在窦群身后，戴着墨镜，像是一群保镖，阵势大得不行。

婚礼还没有正式开始，他们那伙人已经闹疯了。

周荔春有些困，靠在现场的一根白色柱子前，端着杯酒笑着看他们。

何旭在当中简直是鹤立鸡群。

现如今的华西冰球队早已经是国内非常出名，实力也很强的队伍了。时间的加持，不仅仅是技巧实力上的提升，更是一个人从内到外的变化。

何旭更成熟了，也更稳。

无论是在冰场还是生活里。

她见证了他这一路的蜕变，从当初那个进学校嚣张到就和成信打赌的少年，长成了现如今眼前这个带着整个队伍不断突破极限的男人。

何旭发现了她。

他走到她面前取走了酒杯，低头吻了吻她说：“你今天真美。”

周荔春失笑：“你今天也很帅啊，男朋友。”

这两年随着冰球队不断提升的知名度，队里像何旭和邓柯这种长得还很帅的人，在网上早就拥有了自己的大批粉丝。

她们撕起来和当初学校贴吧里那点小打小闹根本不能比。

当然，作为何旭一直对外公开的女朋友，她难免被人扒，只可惜她是真没什么黑料，这两年一心放在学习上，加上也很低调，所以没什么可被黑的。

不过也有，说她家境不行，配不上什么的。

但她根本就还没来得及搞清楚，网上就有好心的网友帮忙怼回去了，说什么：“有空在这儿说别人，麻烦有空照照镜子吧。”

“对啊，麻烦去打听打听好吗？华西连续四年的奖学金获得者，在校期间在各大报纸和杂志上发表稿子数篇，更别说那些还没有被爆出来的。人家手里的证书估计分分钟甩你一脸好嘛。”

久而久之，网上居然也涌现出一批周荔春和何旭感情的维护者。

周荔春看着近在咫尺的人笑了，说：“我觉得我赚了。”

何旭不明所以：“赚什么？”

她流氓似的勾了勾他的下巴说：“懂得近水楼台先得月啊。”

在很早的时间遇上，在后来的时间深情。

何旭笑了声，指尖擦过她的脸颊：“赚了的可不止你一个人。”

婚礼要正式开始了，钱铮是婚礼的主持人。

珠珠这两年一直在接受系统治疗，相较于刚开始那会儿，已经进步了很多。而钱铮这个当初穿着外卖服急匆匆跑进冰球场的少年，此时也领带西装，眼眶泛红。

他拿着话筒说：“我当初刚进大学的时候，觉得人生真苦啊，后来加入冰球队，心想训练也真苦啊，但是我是真开心。教练，虽然我们私下里总是吐槽你，和你作对，觉得边蓝老师估计眼神不好，但是事实证明……”

婚礼主持，险些变成吐槽大会。

徐阳还在下边吼：“职场失意，情场总要得意一回啊！”

窦群抢过话筒，第一句居然是说：“遇见你们那时起，我的职场就从来不算失意。”

徐阳立马闭了嘴。

周荔春和何旭并肩站在下面。

她听见何旭啧了一声说：“我们以后的婚礼绝对不能让这群缺德玩意儿这么捣乱。”

周荔春动作一顿，看了他一眼，心里慢慢涌出一丝甜蜜。

婚礼结束，他们一群人策划着要去闹洞房。

周荔春没什么精力了，高跟鞋磨得她后脚跟疼，就想早点回去。

因为已经在外面实习了，她之前就在外面租了个房子，和何旭住的地方完全不是一个方向，当初何旭为此还不太高兴来着。

何旭拿了车钥匙："走吧，送你。"

"不用了，你这一来一回得跑好远了。"

何旭凉凉地看她一眼说："当初让你住我那儿你自己不住。"

……

这完全是不讲理，从他那儿要去实习的地方又要好远了。

他不由分说地牵着她去了车库。

上了车，开出一段路，周荔春才从暗夜当中的路段发现这不是她回去的路，她偏头问他："不回去吗？我们去哪儿？"

"去我那儿。"

……

周荔春原本都以为会直接上他那儿了，结果他却把车开回了学校。

"现在回学校干什么？"她又问。

"就突然想回去看看。"

这么一说，周荔春也想回去看看了。说是在同一个城市里，但是出了校门，没有特定的事情，似乎很少有机会专程回去一趟。

华西还是那个老样子，连校门口都和周荔春几年前刚站在这儿时一模一样。

要说变化最大的，大概就是冰球训练场扩建了吧。

当时何旭一手办起来的训练场已经差不多淘汰了，自从他们走了之后，华西开始重视冰球队的培养，也投入了大量的财力和物力。

何旭牵着她走了过去，发现门竟然开着。

两个人就这样大摇大摆地进去了。

周荔春环视了一圈，指着场中央说："我还记得刚开始那会，我晚上回来拿衣服，你躺在中间的样子。"

仿佛就是昨天的事情。

他笑："怎么？那时候就被我的帅气迷住了？"

周荔春白了他一眼："要点脸。"

他们晃了一阵没见着什么人，何旭带着她往外走，打算顺便把门关上。结果刚出门口，周荔春就差点被急匆匆跑过来的一个人影撞到了。

何旭及时从后面撑住她，不太高兴地看向撞上来的人。

借着路边的灯光，两人才发现来人是一个很瘦的男生，身形和当初的成伟树差不多。他见撞了人，连连道歉："不好意思，不好意思。"

"没事。"周荔春说。

或许听清是女孩子的声音，男生喘着气抬头，看了看周荔春，然后把视线移向了旁边的何旭。看清人的时候，他一下子瞪大了眼睛，结结巴巴道："你……你是何旭吧？"

何旭挑了挑眉。

男生激动地说："学……学长好，我是大一刚来的新生，今年刚加入冰球队。你就是我的偶像，我学习的目标，你们上个月的那场比赛我刚看过，实在是太精彩了！我希望我有一天也能和你一样厉害！"

何旭愣了一下，半天才道："加油。"

“我会的我会的。”男生激动得不行，过了一会儿才问，“学长你怎么会回学校？”

“没事回来转转。”

“哦哦。”

何旭牵着周荔春正打算走，走了两步又突然停住，指了指门说：“下次不要忘记锁门。”

“好！我……我知道了！”

周荔春跟着何旭走出半天，才没忍住笑出声。

“你笑什么？”他问。

“就是没想到现在回趟学校都能遇见你的迷弟。”

何旭他们现在已经是华西的招牌了吧，虽然算不上是最先的那批开拓者，但他们是创造奇迹，让冰球在华西死灰复燃的先锋，并且这么久一直屹立不倒。

周荔春停住脚步，转头笑问：“男朋友，你怎么这么厉害？”

何旭伸出食指戳了戳她的额头：“现在才知道？那你可得抓紧了。”

周荔春抓下他的手，把自己的手放在他掌中央。

何旭很自然地握紧。

他们紧握着彼此的手往回走，踩着一地细碎的月光。

周荔春突然想到什么，转头问他：“下星期三是不是有比赛来着，我又没法去看了，有一场外访刚好安排在那天。”

何旭很自然地回：“那你想想怎么补偿我吧。”

补偿啊？周荔春皱皱眉。

以身相许？

周荔春被自己的脑回路吓了一个激灵，决定跳过这个话题，继续问说："马上要比赛了，紧张吗？"

何旭睨了她一眼："大大小小的赛事这么多，早习惯了。"

"那输赢呢？"

"除了你，还有什么是我输不起的？"

周荔春心里咚的一声，幸福感快要从胸口漫出来。

她一个转停站在他面前，踮着脚亲在他唇边，弯了弯眼睛说："嘴真甜。"

何旭伸手摸了摸自己的嘴角，干脆揽过她的腰，加深了黑夜中这个浪漫的亲吻。

周荔春闭着眼，耳边微风轻拂，身前是属于他的温度。

她忍不住想，真正喜欢一个人，真的会在某些时刻，就想和眼前的人这样一夜白头。

不管前路是荆棘，是坎坷。

只要身侧的人是你，就没有什么可失去，亦没有什么可击倒。

身披盔甲站上场，有你的地方，就是方向。

图书在版编目（CIP）数据

无法阻挡傲娇的他 / 海殊著. -- 贵阳 : 贵州人民出版社, 2019.9
ISBN 978-7-221-15527-6

Ⅰ. ①无… Ⅱ. ①海… Ⅲ. ①长篇小说 - 中国 - 当代
Ⅳ. ①I247.5

中国版本图书馆CIP数据核字(2019)第187849号

无法阻挡傲娇的他

海殊 / 著

出版统筹：陈继光
选题策划：大鱼文化
责任编辑：潘 媛
特约编辑：雪 人 娄 薇
装帧设计：颜小曼 西 楼
图片绘制：cain酱
出版发行：贵州人民出版社（贵阳市观山湖区会展东路SOHO办公区A座 邮编：550081）
印　　刷：长沙鸿发印务实业有限公司
开　　本：880×1230毫米 1/32
字　　数：205千字
印　　张：9.125
版　　次：2019年9月第1版
印　　次：2019年9月第1次印刷
书　　号：ISBN 978-7-221-15527-6
定　　价：36.80元

贵州人民出版社微信